大语文

王颖　葛旭东　点评

曹文轩　编

人文与语文的完美统一
阅读与写作的经典文本

明天出版社

图书在版编目（CIP）数据

记住回家的路 / 曹文轩编. —济南：明天出版社，2016.5（2016.9重印）
（大语文）
ISBN 978-7-5332-8832-7

Ⅰ.①记… Ⅱ.①曹… Ⅲ.①世界文学-作品综合集 Ⅳ.①I11

中国版本图书馆 CIP 数据核字（2016）第 053264 号

大语文 记住回家的路

曹文轩 编

出 版 人/傅大伟
出版发行/山东出版传媒股份有限公司
　　　　　明天出版社
地址/山东省济南市胜利大街 39 号
http://www.sdpress.com.cn　http://www.tomorrowpub.com
经销/新华书店　　印刷/肥城新华印刷有限公司
版次/2016年5月第1版　　印次/2016年9月第2次印刷
规格/170 毫米×240 毫米　16 开　17.5 印张　150 千字
印数/20001－30000
ISBN 978-7-5332-8832-7　　　　定价/20.00 元

如有印装质量问题　请与出版社联系调换　电话：(0531)82098710

前 言

这套书共十册。

从动议、立纲、于浩瀚无涯的文章汪洋中苦苦搜寻佳篇、无数次地斟酌推敲和无数次地大砍大伐篇目、无数次地增加新发现的佳篇力作,到出版,经历了很长时间。为出版这套书,从编选者到编辑,都投放了太多的时间与心血。天下文章虽不可穷尽,但编选者的姿态却由始至终就是欲将天下的文章穷尽。当下各种名目的读本,不说是满坑满谷,也可说是令人眼花缭乱,编选者与编辑者又自抬门槛要与已有的各种版本的正式语文教材之选目避开,在如此情景与要求之下,编出十本一套的书来,除了要将视野一次一次地扩宽,除了要处心积虑地重建体系,除了要独辟蹊径另觅天地,除了要精雕细刻、悉心揣摩,又能如何?这个过程是一个劳心劳力的过程,好在现在终于有了成果,好在所有参与者都觉得这个过程也是一个让各自提升的过程,内心无怨无悔。

将这套书命名为"大语文",其意味颇为深长。

当下语文教材的编写,早已突破从前令人感到机械、陈旧、压抑、沉闷的樊篱,一方新的语文天地,已经很有气象。公平竞争带来的各种语文教材版本的问世,使语文教学初步进入多元化的格局。20世纪末、21世纪初,由大学学者、语文教育专家、中小学老师及至作家等各式人等"共谋"并发起的这场语文革命,其意义已经超越了语文。但若冷静、深入地考量当下的语文教材,无论在理念还是在体制、体例等方面,都还有着明显的局限性。各种各样有形与无形的限制、依旧还显落套的评判标准、编写人员阅读视野的狭小和近年来出现的一些偏激的语文观念,所有这一切,都导致了现有语文教材不能不存在着这样那样的缺憾。我们发现了一个可供我们再创造的巨大空间。我们将这套书的功用定位在:开辟语文的第二课堂。这套堂外的"大语文"欲与堂内的"语文"形成一种优美的张力。两者之间的关系是一种相映成趣、相映生辉的关系。我们希望这套书成为优质的民间语文读本。我们的目的是一致的:提升这个民族的语文境界。

  选编的宗旨是一开始就确立的:一、立人。一套好的语文读本应承担着对健全人格培养的责任,更承担着对未来民族性格塑造的责任。二、传承文化薪火。语文在一个国家、一个民族的文化大业中承当着桥梁作用,民族文化的信息、元素、精髓,因它而存在,因它而流传,因它而发扬光大。三、亲近母语。语言是一个民族存在的形式,一个民族的特质、风气、思维方式与审美格调,都与其休戚相关。

我们在选文时明确了一些原则：一、"人文"与"语文"的完美统一。反对两个极端，强调"语文读本"与"人文读本"的区别，"语文"二字是选文时的第一关键词。二、关注社会发展，贴近学生生活，将对话机制作为这套读本的重要机制。三、注重经典，强调名篇，将大量被忽视然而又确实具有经典性的文本引入读本，使这套书的文本焕然一新。四、培养主动探究精神，造就创造性思维，使语文学习成为具有实践性的活动。五、充分认识写作对于一个人的意义，将阅读与写作紧密衔接，所选文章不仅是有影响的，而且必须在文章的作法上是有说道的。

十本书是一个整体，编写必有一个通盘考虑：一、将总体体例、布局与局部构思、定点结合起来，使十册书成为有机联系与合乎逻辑的整体，由浅到深，循序渐进。二、打破当下语文教材差不多都以"人、自然、社会"为纬度的清一色的编选框架，而选择更加系统也更加合理的模式。在本套书的编选者看来，天下知识天下事、一个完美的人所需要学习与修炼的课程（除去自然科学不论），大致可归纳为八大系统与维度：1.审美。在人们的意识中，"力量"一词只与"思想"一词有关，很少有人将其与"美"相联系，而实际上美的力量绝不亚于思想的力量。审美教育，是共和国语文教育的一大缺失，这一缺失后患无穷。2.励志。理想、志向、精神、坚毅之品格……人格的质量来自于自小的修炼与人生目标的树立。3.情感。我们通常的教育只注意到思想教育，殊不知，情感对于一个人的意义绝不亚于思想的意义，情感教育也是教育。4.思想。它既是一个名词，也是一个动词——思想是人、人类获得提升的一种必要行为。5.情趣。趣味、幽默，理应看成是一个"完人"的基本品质之一。6.道德。人是社会之人，一个理想社会的运转需要道德的维系，中国文章，许多是关于道德的文章。7.智慧。它属于哲学范畴。中国是一个讲智慧的国度。中华民族所留下的文献，有大量的篇幅是文韬武略以及关于人生智慧的。苏格拉底、孔子讲的都是智慧。8.原道。世界从何而来？世界的本质又是什么？如何认识这个世界？等等。以上种种，可简约为：美、志、情、思、趣、德、智、道。

这八大系统与纬度贯穿于十册书之中。而每一项，在十册书中又都有着不同的方面与层次。比如审美可分为：自然之美、境界之美、语言之美、艺术之美、科学之美等。还可再细分，比如自然之美再分为：季节之美、山川之美等。

十册书在结构上有显形结构与隐形结构之分。以上所讲八大系统与维度为显形结构，另有若干隐形结构的安排。比如文体知识的结构、写作知识的结构等，都作为隐形结构贯穿其中。

在整套书的编排上，力图显示出足够的智慧、艺术性与新颖别致。每一单元乃至每一篇文章都是经过精心、巧妙的设计的，而所有这些设计的目的都在于提升阅读人的人文素质、语文水平与写作能力。

我们之所以强调选择经典与名著——即使那些没有定评的文章也是考虑到它们具有经典性才被采用的,是因为我们注意到了一个严峻的现实:阅读生态严重失衡。

现在的问题是两方面的:一、阅读之风日益衰败;二、勉强维持的阅读,又是一种质量低下的阅读。如今,在中小学生们手头上流传的书籍,十有八九是一些品位不高的书籍。在享乐主义盛行的今天,这些以玩闹、逗乐为唯一取向的书籍,除了能在其中获得一时的愉悦之外,对成长,对人生,甚至对写作都用处不大。

因为,它们没有文脉,阅读再多,也不能形成一股无形的语流贯注于笔端。从前我们曾有过的那种因阅读了一些经典与名著,一落笔就有了一种经典与名著的气韵之美的好感受,已经很难遇到了。

阅读经典、名著,是一种科学行为。一般人因为条件的限制或者不知阅读经典、名著乃为科学行为,往往逮住一篇阅读一篇,殊不知阅读二流三流末流的文章不仅事倍功半,甚至还会伤害自己的欣赏力。对于一些研究者而言,出于专业的需要,他们的阅读往往不是以好坏高低来对文本选择的,他们的阅读是一种工作,一种任务,即使二流三流末流的文章也要进行阅读,这是没有办法的事。而一般的阅读,仅仅是一种欣赏,因此,阅读应是经济的,也就是说,应用较少的时间,获得最高质量的欣赏和最丰富的收获。经典、名著是经过无数专家学者研究、论证以及广大读者的比较与鉴别之后而论定的。它们在思想与艺术上，都是第一流的。"取法于上，仅得为中；取法于中，故为其下。"前人早做了总结。一些人看书虽多，但由于不读经典、名著，在二流三流末流之文字的汪洋里混来混去，时间既久，受其规约和感染，不知不觉之中，思想、艺术乃至各方面的标准都降低了，结果将自己的情感搞得很浅薄，将自己的思维搞得很平庸，将自己的语言搞得很俗气，如果转而进行写作实践，写来写去，终究写不出一件像样的东西来。

光谈经典、名著，不谈读法不行——经典、名著有经典、名著的读法，这与什么菜有什么菜的吃法同出一理。有一点是肯定的：读经典、名著得细读。只有细读，才能领略到其中的微妙之处。二流三流末流之作，往往张牙舞爪，不必多费脑筋，就能看出它的动机，而经典、名著之魅力，却正在于它们的一切是含而不露的。因此，阅读必须是仔细的。唯有反复阅读，方能得其奥妙。不然，非但没有获得什么，还会糟蹋了好东西。

我们在十本书中所进行的导读与设问，都有这样一种思路：引导细读通过细读，看出肌理，看出境界与神髓之所在。

语文的学习与其他学科的学习很不一样，其他学科的学习差不多在课堂上就能完成，而语文的学习，其课堂学习只是很有限的一部分。如果说语文课本是一座山头，那么，若要攻克这座山头，就必须调集其他山头的力量。而这里所说的其他山头，就是指广泛的课外阅读。一本本书，就是一座座山头，这些山头囤兵百万，只有调集这些力量，语文这座山头才能最终被拿下。

当然，这套书还不仅仅是为了更好地学习语文、使语文取得优异的成绩，就是作为通常意义上的日常阅读，它也是一套有理由向所有愿意读书的学生推荐的书籍。

曹文轩

2016年4月18日于北京大学蓝旗营

目 录

▎近处的艳丽与壮阔

书房的窗子／杨振声 著 …………… 2
窗／钱锺书 著 …………… 8
五味巷／贾平凹 著 …………… 15
我生活的地方 我为何生活（节选）／[美国]亨利·梭罗 著 徐迟 译 ……23

▎行路难，雪满山

《米开朗琪罗传》序／[法国]罗曼·罗兰 著 傅雷 译 …………… 36
普罗米修斯／[德国]古斯塔夫·斯威布 著 楚图南 译 …………… 42
雅典法庭上的辩护／[古希腊]苏格拉底 著 余灵灵、罗林平 译 ………… 50

▎当和风拂过心湖

我们看菊花去／白先勇 著 …………… 60
为我唱首歌吧／[英国]艾德里安 著 唐林、文军 译 …………… 72
盗贼来到花木村／[日本]新美南吉 著 周龙梅、彭懿 译 …………… 78

落红萧萧为哪般／迟子建 著 …………… 90

▎记住回家的路

记住回家的路／周国平 著 …………… 100
中国文化的美丽精神往哪里去／宗白华 著 …………… 105
粉　房／萧红 著 …………… 112

▎旷野天趣

阿　咪／丰子恺 著 …………… 124
狗／梁实秋 著 …………… 130
猫的天堂／[法国]左拉 著　郝运 译 …………… 136
亲爱的三月，请进！／[美国]艾米莉·迪金森 著　关天睎 译 …………… 144

▎拂拭心灵

父／[日本]芥川龙之介 著　文学朴 译 …………… 148
我们看海去／林海音 著 …………… 155
故乡的雷雨声／[美国]鲍勃·莫尔德 著　曾国平 译 …………… 187

▎人生旅途上的锦囊

审　驴 …………… 192
荒岛余生／[英国]丹尼尔·笛福 著　徐霞村 译 …………… 196

草船借箭／张寿臣 著 …………………… 204

英雄与时势／萧乾 著 …………………… 208

▍命运交叉的小径

命若琴弦／史铁生 著 …………………… 214

西西弗神话（节选）／［法国］加缪 著　沈志明 译 …………………… 245

鸭窠围的夜／沈从文 著 …………………… 251

 **近处的艳丽与壮阔**

东升的旭日,西沉的玉兔,满天的星斗,平静的湖泊,起伏的群山,无边的森林,盛放的鲜花,碧绿的草地……大自然对人的吸引力犹如母亲对儿女的爱,特殊而又无条件。人在大自然中就如范仲淹《岳阳楼记》中所描述的那样:心旷神怡,宠辱偕忘。山川俊秀,其风物之美,组合出一幅幅或艳丽或壮阔的画卷,给人以美的享受,美的乐趣。

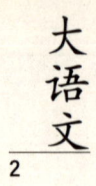

书房的窗子

杨振声 著

说也可怜,八年抗战归来,卧房都租不到一间,何言书房,既无书房,又何从说到书房的窗子!

唉,先生,你别见笑,叫花子连做梦都在想吃肉,正为没得,才想得厉害,我不但想到书房,连书房里每一角落,我都布置好。今天又想到了我那书房的窗子。

说起窗子,那真是人类穴居之后一点灵机的闪耀才发明了它。它给你清风与明月,它给你晴日与碧空,它给你山光与水色,它给你安安静静地坐窗前,欣赏着宇宙的一切,一句话,它打通你与天然的界限。

但窗子的功用,虽是到处一样,而窗子的方向,却有各人的嗜好不同。陆放翁的"一窗晴日写黄庭",大概指的是南窗,我不反对南窗的光朗与健康,特别在北方的冬天,南窗放进满屋的晴日,

---

① 选自《北京乎——现代作家笔下的北京(1919—1949)》,生活·读书·新知三联书店,1992年版。

你随便拿一本书坐在窗下取暖,书页上的诗句全浸润在金色的光浪中。你书桌旁若有一盆蜡梅那就更好——以前在北平只值几毛钱一盆,高三四尺者亦不过一两元,蜡梅比红梅色雅而秀清,价钱并不比红梅贵多少。那么,就算有一盆蜡梅吧。蜡梅在阳光的照耀下荡漾着芬芳,把几枝疏脱的影子漫画在新洒扫的蓝砖地上,如漆墨画。天知道,那是一种清居的享受。

东窗在初红里迎着朝暾,你起来开了格扇,放进一屋的清新。朝气洗涤了昨宵一梦的荒唐,使人精神清振,与宇宙万物一体更新。假使你窗外有一株古梅或是海棠,你可以看"朝日红妆";有海,你可以看"海日生残夜";一无所有,看朝霞的艳红,再不然,看想象中的邺宫,"晓日靓妆千骑女,白樱桃下紫纶巾"。

"挂起西窗浪接天"这样的西窗,不独坡翁喜欢,我们谁都喜欢。然而西窗的风趣,正不止此,压山的红日徘徊于西窗之际,照出书房里一种透明的宁静。苍蝇的搓脚,微尘的轻游,都带些倦意了。人在一日的劳动后,带着微疲放下工作,舒适地坐下来吃一杯热茶,开窗西望,太阳已隐到山后了。田间小径上疏落地走着荷锄归来的农夫,隐约听到母牛哞哞地在唤着小犊同归。山色此时已由微红而深紫,而黝蓝。苍然暮色也渐渐笼上山脚的树林。西天上独有一缕镶着黄边的白云冉冉而行。

然而我独喜欢北窗。那就全是光的问题了。

说到光，我有一种偏向，就是不喜欢强烈的光而喜欢清淡的光，不喜欢敞开的光而喜欢隐约的光，不喜欢直接的光而喜欢反射的光。就拿日光来说吧，我不爱中午的骄阳，而爱"晨光之熹微"与落日的古红。纵使光度一样，也觉得一片平原的光海，总不及山阴水曲间光线的隐翳，或枝叶扶疏的树荫下光波的流动，至于反光更比直光来得委婉。"残夜水明楼"，是那般的清虚可爱；而"明清照积雪"使你感到满目清晖。

不错，特别是雪的反光，在太阳下是那样霸道，而在月光下却又这般温柔。其实，雪光在阴阴天宇下，也蛮有风趣。特别是新雪的早晨，你一醒来全不知道昨宵降了一夜的雪，只看从纸窗透进满室的虚白，便与平时不同，那白中透出银色的清晖，温润而匀净，使屋子里平添一番恬静的滋味。披衣起床且不看雪，先掏开那尚未睡醒的炉子，那屋里顿然煦暖。然后再从容揭开窗帘一看，满目皓洁，庭前的枝枝都压垂到地角上了，望望天，还是阴阴的，那就准知道这一天你的屋子会比平常更幽静。

至于拿月光与日光比，我当然更喜欢月光，在月光下，人是那般隐秘，天宇是那般素净。现实的世界退缩了，想象的世界放大了。我们想象的放大，不也就是我们人格的放大？放大到感染一切时，整个的世界也因而富有情思了。"疏影横斜水清浅，暗香浮动月黄昏"比之"晴雪梅花"更为空灵，更为生动；"无情有恨何人觉，月晓风清欲堕时"比之"枝头春意"更富深情与幽思;而"宿妆残粉未明天,总立昭阳花树边"也比"水晶帘下看梳头"更给人怜惜之情。

这里不只是光度的问题,而是光度影响了态度。强烈的光使我们一切看得清楚,却不能使我们想得明透;使我们有行动的愉悦,却不能使我们有沉思的因缘;使我们像春草一般地向外发展,却不能使我们像夜幕合拢一般地内向收敛。强光太使我们与外物接近了,留不得一分想象的距离。而一切文艺的创造,决不是一些外界事物的堆拢,而是事物经过个性的熔冶,范铸出来的作物。强烈的光与一切强有力的东西一样,它压迫我们的个性。

以此,我便爱上了北窗。南窗的光强,固不必说,就是东窗和西窗也不如北窗。北窗放进的光是那般清淡而隐约,反射而不直接。说到反光,当然便到了"窗子以外"了,我不敢想象窗外有什么明湖或青山的反光,那太奢望了。我只希望北窗外有一带古老的粉墙。你说古老的粉墙?一点不错。最低限度也要老到透出点微黄的颜色,假如可能,古墙上生几片青翠的石斑。这墙不要去窗太近,太近则逼仄,使人心狭;也不要太远,太远便不成为窗子屏风;去窗一丈五尺左右便好。如此,古墙上的光辉反射在窗下的桌上,润泽而淡白,不带一分逼人的霸气。这种清光绝不会侵凌你的幽静,也不会扰乱你的运思。它与清晨太阳未出以前的天光,及太阳初下,夕露未滋,湖面上的水光同是一样的清幽。

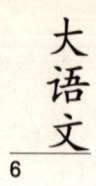

　　假如,你嫌这样的光太朴素了些,那你就在墙边种上一行疏竹。有风,你可以欣赏它婆娑的舞容;有月,你可以欣赏窗上迷离的竹影;有雨,它给你平添一番清凄;有雪,那素洁,那清劲,确是你清寂中的佳友。即使无月无风,无雨无雪,红日半墙,竹荫微动,掩映于你书桌上的清晖,泛出一片青翠,风纹波痕,那般的生动而空灵,你书桌上满写着清新的诗句,你坐在那儿,纵使不读书也"要得"。

杨振声(1890—1956),山东蓬莱人,现代文学家和教育家。主编过《大公报·文艺副刊》,著有《玉君》等作品。

这篇散文着眼虽只是书房的窗子,其意却是在对书房的窗子的娓娓道来中抒写作者的人生态度。作者的语言典雅雍容,深有古典审美的趣味。在他看来,窗子的南、西、东三向虽各有各的优点,但他却独喜欢常人厌憎的北窗。北窗所带来的光清淡、隐约、恬静、幽美,由此生发出人生不同的趣味和追求,使得整篇文章别具一格。

胡适曾在一篇文章中说,1933年冬天,他与杨振声等人应邀去武汉大学演讲。有一天,东道主似乎要考考几位学者运用"大众语"的水平,便安排他们与小学校和幼稚园的孩子们见面。尽管胡适在国内已是"久经大敌的老将",在国外也往往博得好评,然而在这次"考试"中却不幸落第。在他看来,孩子们虽然可以听懂他所讲的故事,却不大明白其中的含义,相比之下,"只有杨金甫(杨振声,字金甫)说的故事是全体小主人都听得懂,又都喜欢听的"。杨振声的文风就和他的讲话风格一样,自然从容、平白朴实,又富含意蕴、韵味深远。

窗

钱锺书 著

又是春天，窗子可以常开了。春天从窗外进来，人在屋子里坐不住，就从门里出去。不过屋子外的春天太贱了！到处是阳光，不像射破屋里阴深的那样明亮；到处是给太阳晒得懒洋洋的风，不像搅动屋里沉闷的那样有生气。就是鸟语，也似乎琐碎而单薄，需要屋里的寂静来做衬托。我们因此明白，春天是该镶嵌在窗子里看的，好比画配了框子。

同时，我们悟到，门和窗有不同的意义。当然，门是造了让人出进的。但是，窗子有时也可作为进出口用，譬如小偷或小说里私约的情人就喜欢爬窗了。所以窗子和门的根本分别，绝不仅是有没有人进来出去。若据赏春一事来看，我们不妨这样说：有了门，我们可以出去；有了窗，我们可以不必出去。窗子打通了大自然和人的隔膜，把风和太阳逗引进来，使屋子里也关着一部分春天，让我们安坐了享受，无须再到外面去找。古代诗人像陶渊明对于窗子的这种精神，颇有会心。《归去来兮辞》有两句道："倚南窗以寄傲，审容膝之易安。"不等于说，只要有窗可以凭眺，就是小屋子也住得吗？他又说："夏月虚闲，高卧北窗之下，清风飒至，自谓羲皇上人。"意思是只要窗子透风，小屋子可成极乐世界；他虽然是柴桑人，就近有庐山，也用不着上去避暑。所以，门许我们追求，表示欲望，窗子许我们占领，表示享受。这个分别，不但是住在屋里的人的看法，有时也适用于屋外的来人。一个外来者，打门进入，有所要求，有所询问，他至多是个客人，一切要等主人来决定。反过来说，一个钻窗子进来的人，不管是偷东西还是偷情，早已决心来替你做暂时的主人，顾不到你的欢迎和拒绝了。缪塞在《少女做的是什么梦》那首诗剧里，有句妙语，略谓父亲开了门，请进了物质上的丈夫，但是理想的爱人，总是从窗子出进的。换句话说，从前门进来的，只是形式上的女婿，虽然经丈人看中，还待博取小姐自己的欢心；要是从后窗进来的，总是女郎们把灵魂肉体完全交托的真正情人。你进前门，先要经门房通知，再要等主人出见，还得寒暄几句，方能说明来意，既费心思，又费时间，哪像从后窗进来得直截痛快？好像学问的捷径，在乎书背后的引得，若从前面正文看起，反见得愈远了。这当然只是在社会常态下的分别，到了战争等变态时期，屋子本身就保不住，还讲什么门和窗！

世界上的屋子全有门，而不开窗的屋子我们还看得到。这指示出窗比门代表更高的人类进化阶段。门是住屋子者的需要，窗多少是一种奢侈。屋子的本意，只像鸟窠兽窟，准备人回来过夜的，把门关上，算是保护。但是墙上开了窗子，收入光明和空气，使我们白天不必到户外去，关了门也可生活。屋子在人生里因此增添了意义，不只是避风雨、过夜的地方，并且有了陈设，挂着书画，是我们从早到晚思想、工作、娱乐、演出人生悲喜剧的场子。门是人的进出口，窗可以说是天的进出口。屋子本是人造了为躲避自然的危害，而在四垛墙、一个屋顶里，窗引诱了一角天进来，驯服了它，给人利用，好比我们笼络野马，变为家畜一样。从此我们在屋子里就能和自然接触，不必去找光明，换空气，光明和空气会来找到我们。所以，人对于自然的胜利，窗也是一个。不过，这种胜利，有如女人对于男人的胜利，表面上看来好像是让步——人开了窗让风和日光进来占领，谁知道来占领这个地方的却给这个地方占领去了！我们刚说门是需要，需要是不由人做得主的。譬如我，饿了就要吃，渴了就该喝。所以，有人敲门，你总得去开，也许是易卜生所说下一代的青年想冲进来，也许像德·昆西《论谋杀后闻打门声》所说，光天化日的世界想攻进黑暗罪恶的世界，也许是浪子回家，也许是有人借债（更许是讨债），你愈不知道，怕去开，你愈想知道究竟，愈要去开。甚至每天邮差打门的声音，也使你起了带疑惧的希冀，因为你不知道而又愿知道他带来的是什么消息。门的开关是由不得你的。但是窗呢？你清早起来，只要把窗幕拉过一边，你就知道窗外有什么东西在招呼着你，是雪，是雾，是雨，还是好太阳，决定要不要开窗子。上面说过窗子算得奢侈品，奢侈品原是在人看情形斟酌增减的。

我常想，窗可以算房屋的眼睛。刘熙《释名》说："窗，聪也；于内窥外，为聪明也。"正跟凯罗《晚歌》起句所谓"双瞳如小窗，佳景收历历"同样地只说着一半。眼睛是灵魂的窗户，我们看见外界，同时也让人看到我们的内心。眼睛往往跟着心在转，所以孟子认为相人莫良于眸子，梅特林克戏剧里的情人接吻时不许闭眼，可以看见对方有多少吻要从心里上升到嘴边。我们跟戴黑眼镜的人谈话，总觉得捉摸不住他的用意，仿佛他以假面具相对，就是为此。据爱戈门记1830年4月5日歌德的谈话，歌德恨一切戴眼镜的人，说他们看得清楚他脸上的皱纹，但是他给他们的玻璃片耀得眼花缭乱，看不出他们的心境。窗子许里面人看出去，同时也许外面人看进来，所以在热闹地方住的人要用窗帘子，替他们私生活做个保障。晚上访人，只要看窗里有无灯光，就约略可以猜到主人在不在家，不必打开了门再问，好比不等人开口，从眼睛里看出他的心思。关窗的作用等于闭眼。天地间有许多景象是要闭了眼才看得见的，譬如梦。假使窗外的人声物态太嘈杂了，关了窗好让灵魂自由地去探胜，安静地默想。有时，关窗和闭眼也有连带关系，你觉得窗外的世界不过尔尔，并不能给予你什么满足，你想回到故乡，你要看见跟你分离的亲友，你只有睡觉，闭了眼向梦里寻去，于是你起来先关了窗。因为只是春天，还留着残冷，窗子也不能整天整夜不关的。

钱锺书（1910—1998），中国现代作家、学者，著有《围城》《谈艺录》《管锥编》《槐聚诗存》等。

钱锺书的散文《窗》，虽然写的是窗，但又不只写窗本身，他将门与窗作对比，还引用了古今中外的名著名言，用了大量的比喻，使窗的蕴意显得立体而丰富。

"又是春天，窗子可以常开了。"文章一开头，通过季节的变化引出"窗"。春天，天气转暖，自然就可以开窗了。于是，顺理成章地有了下一句"春天从窗外进来，人在屋子里坐不住，就从门里出去"，用拟人的修辞手法写春天来了，吸引人到外面去寻找春天。钱锺书对事物的体验很独特，他认为春天的好景致在于把春天镶嵌在窗子里看，那样，才春光如画。钱锺书赏春的视角，给我们提供了观察事物的一种新颖的方式。

钱锺书在本文中旁征博引，如陶渊明的《归去来兮辞》、缪塞的《少女做的是什么梦》、刘熙的《释名》、凯罗的《晚歌》、孟子的观点和梅特林克戏剧。"窗"不再仅仅是日常生活中一个常见的物什，还被赋予了深厚的文化内涵，充分体现了钱锺书散文的知识含量和深刻的哲理意蕴。

"窗"于人而言，无论开与关，都是那么恰到好处，各有千秋。开窗，人拥有了与外面的世界亲近的渠道，"窗子打通了大自然和人的隔膜，把风和太阳逗引进来，使屋子里也关着一部分春天，让我们安坐了享受，无须再到外面去找"。关窗，人可以沉浸和漫游在思想和想象的世界里，"关了窗好让灵魂自由地去探胜，安静地默想"，或者"闭了眼向梦里寻去"。人之于窗，简直是进退自如了：开窗，春光明媚，是一种享受，身心愉悦；关窗，进行心灵的探险，寻求梦想。人生之至高境界，莫过于此了。

关于钱锺书说的"好像学问的捷径，在乎书背后的引得，若从前面正文看起，反见得愈远了"这句话，值得我们琢磨思量，我们这些每天都在读书的人，读书到底读到了哪一重境界呢？"窗"是一个通向世界的进出口，进得去，出得来，方成气象。窗与读书作文，俱是同样的道理。

五味巷[1]

贾平凹 著

长安城内有一条巷：北边为头，南边为尾，千百米长短；五丈一棵小柳，十丈一棵大柳。那柳都长得老高，一直突出两层木楼，巷面就全阴了，如进了深谷峡底；天只剩下一带，又尽被柳条割成一道儿的，一溜儿的。路灯就藏在树中，远看隐隐约约，羞涩像云中半露的明月，近看光芒成束，乍长乍短在绿缝里激射。在巷头一抬脚起步，巷尾就有了响动，背着灯往巷里走，身影比人长，越走越长，人还在半巷，身影已到巷尾去了。巷中并无别的建筑，一堵侧墙下，孤零零站一杆铁管，安有龙头，那便是水站了。水站常常断水，家家少不了备有水瓮、水桶、水盆儿，水站来了水，一个才会说话的孩子喊一声"水来了"，全巷便被调动起来。缺水时节，地震时期，巷里是一个神经，每一个人都可以当将军。买高档商品，是要去西大街、南大街，但生活日用，却极方便：巷北口就有四间门面，一

---

[1] 选自《贾平凹散文选集》，百花文艺出版社，1992年版。

间卖醋，一间卖椒，一间卖盐，一间卖碱；巷南口又有一大铺，专售甘蔗，最受孩子喜爱，每天门口聚集很多，来了就赶，赶了又来。巷本无名，借得巷头巷尾酸辣苦咸甜，便"五味，五味"，从此名字叫开了。

这巷子，离大街是最远的了，车从未从这里路过，或许就最保守着古老，也因保守的成分最多，便一直未被人注意过，改造过。但居民却看重这地方，住户越来越多，门窗越安越稠。东边木楼，从北向南，一百二十户；西边木楼，从南向北，一百零三户。门上窗上，挂竹帘的，吊门帘的，搭凉棚的，遮雨布的，一入巷口，各人一眼就可以看见自己门窗的标志。楼下的房子，没有一间不阴暗，楼上的房子，没有一间不裂缝；白天人人在巷里忙活，夜里就到每一个门窗去，门窗杂乱无章，却谁也不曾走错过。房间里，布幔拉开三道，三代界线划开；一张木床，妻子，儿子，香甜了一个家庭，屋外再吵再闹，也彻夜酣眠不醒了。

城内大街是少栽柳的，这巷里柳就觉得稀奇。冬天过去，春天几时到来，城里没有山河草林，唯有这巷子最知道。忽有一日，从远远的地方向巷中一望，一巷迷迷的黄绿，忍不住叫一声"春来了"。巷里人倒觉得来得突然，近看那柳枝，却不见一片绿叶，以为是迷了眼。再从远处看，那黄黄的、绿绿的，又弥漫在巷中。这奇观曾惹得好多人来，看了就叹，叹了就折，巷中人就有了制度：君子动眼不动手。只有远道的客人难得来了，才折一枝两枝送去瓶插。瓶要瓷瓶，水要净水，在茶桌几案上置了，一夜便皮儿全绿，一天便嫩芽暴绽，三天吐出几片绿叶，一直可以长出五指长短，不肯脱落，娟秀如美人的长眉。

到了夏日，柳树上全挂了叶子，枝条柔软修长如长发，数十缕一撮，数十撮一道，在空中吊了绿帘，巷面上看不见楼上窗，楼窗里却看清巷道人。只是天愈来愈热，家家门窗对门窗，火炉对火炉，巷里热气散不出去，人就全到了巷道。天一擦黑，男的一律裤头，女的一律裙子，老人孩子无顾忌，便赤着上身，将那竹床、竹椅、竹席、竹凳巷道两边摆严，用水哗地泼了，仄身躺着卧着上去，茶一碗一碗喝，扇一时一刻摇，旁边还放盆凉水，一刻钟去擦一次。有月，白花花一片，无月，烟火头点点。一直到了夜阑，打鼾的，低谈的，坐的，躺的，横七竖八，如到了青岛的海滩。

若是秋天，这里便最潮湿，砖块铺成的路面上，人脚踏出坑凹，每一个砖缝都长出野草，又长不出砖面，就嵌满了砖缝，自然分出一块一块的绿的方格儿。房基都很潮，外面的砖墙上印着泛潮后一片一片的白渍，内屋脚地，湿湿虫繁生，半夜小解一拉灯，满地湿湿虫乱跑，使人毛骨悚然，正待要捉，却霎时无影。难得的却有了鸣叫的蛐蛐，水泥大楼上，柏油街道上都有着蛐蛐，这砖缝、木隙里却是它们的家园。孩子们喜爱，大人也不去捕杀，夜里懒散地坐

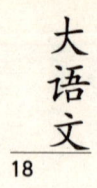

在家中，倒听出一种生命之歌，欢乐之歌。三天，五天，秋雨就落一场，风一起，一巷乒乒乓乓，门窗皆响，索索瑟瑟，枯叶乱飞，雨丝接着斜斜下来，和柳丝一同飘落，一会拂到东边窗下，一会拂到西边窗下。末了，雨戛然而止，太阳又出来，复照玻璃窗上，这儿一闪，那儿一亮，两边人家的动静，各自又对映在玻璃上，如演电影，自有了天然之趣。

孩子们是最盼着冬天的了。天上下了雪，在楼上窗口伸手一抓，便抓回几朵雪花，五角形的，七角形的，十分好看，凑近鼻子闻闻有没有香气，却倏忽就没了。等雪在柳树下积得厚厚的了，看见有相识的打下边过，动手一扯那柳枝，雪块就哗地砸下，并不生疼，却吃一大惊，楼上楼下就乐得大呼小叫。逢着一个好日头，家家就忙着打水洗衣，木盆都放在门口，女的揉，男的投，花花彩彩的衣服全在楼窗前用竹竿挑起，层层叠叠，如办展销。凡翻动处，常露出姑娘俊俏俏白脸，立即又不见了，细声细气地唱几句电影插曲，逗起过路人好多遐想。偶尔就又有顽童恶作剧，手握一圆镜，对巷下人一照，看时，头儿早缩了，在木楼里咻咻痴笑。

这里每一个家里，都在体现着矛盾的统一：人都肥胖，而楼梯皆瘦，两个人不能并排，提水桶必须双手在前；房间都小，而立柜皆大，向高空发展，乱七八糟东西一股脑全塞进去；工资都少，而开销皆多，上养老，下育小，两个钱顶一个钱花，自由市场的鲜菜吃不起，只好跑远道去国营菜场排队；地位都低，而心性皆高，家家看重孩子学习，巷内有一位老教师，人人敬重。当然没有高干、中干住在这里，小车也不会来的，也就从不见交通警察，也不见一次戒严。他们在外从不管教别人，在家也不受人教管：夫妻平等，男回来早男做饭，女回来早女做饭。他们也谈论别人住水泥楼上的单元，但末了就数说那单元房住了憋气：一进房，门砰地关了，一座楼分成几十个世界。也谈论那些后有后院，前有篱笆花园的人家，但末了就又数说那平房住不惯：邻人相见，而不能相遇。他们害怕那种隔离，就越发维护着亲近，有生人找一家，家家都说得清楚：走哪个门，上哪个梯，拐哪个角，穿哪个廊。谁家娶媳妇，鞭炮一响，两边楼上楼下伸头去看，乐事的剪一把彩纸屑，撒下新郎新娘一头喜，夜里去看闹新房，吃一颗喜糖，说十句吉祥。谁说不出谁家大人的小名，谁家小孩的脾性呢？

　　他们没有两家是乡党的，汉、回、满，各种风俗。也没有说一种方言的，北京、上海、河南、陕西，南腔北调。人最杂，语言丰富，孩子从小就会说几种话，各家都会炒几种风味菜，除了外国人，哪儿来的人都能交谈，哪儿来的剧团，都要去看。坐在巷中，眼不能看四方，耳却能听八面，城内哪个商场办展销，哪个工厂办技术夜校，哪个书店卖高考复习资料，只要一家知道，家家便知道。北京开了什么会，他们要议论，某个球队出国得了冠军，他们要欢呼，哪个干部搞走私，他们要咒骂。议完了，笑完了，骂完了，就各自回家去安排各家的事情。因为房小钱少，夫妻也有吵的，孩子也有哭的，但一阵雷鸣电闪，立即便风平浪静，妻子依旧是乳，丈夫依旧是水，水乳交融，谁都是谁的俘虏；一个不笑，一个不走，两个笑了，孩子就乐，出来给人说：爸叫妈是冤家，妈叫爸是对头。

　　早上，是这个巷子最忙的时候。男的去买菜，排了豆腐队，又排萝卜队，女的给孩子穿衣喂奶，去炉子上烧水做饭。一家人匆匆吃了，但收拾打扮却费老长时间：女的头发要油光松软，裤子要线楞不倒，男子要领齐帽端，鞋光袜净。夫妻各自是对方的镜子，一切满意了，一溜一行自行车扛下楼，一声丁零，千声呼应，头尾相接，出巷去了。中午巷中人少，孩子可以隔巷道打羽毛球。黄昏来了，巷中就一派悠闲：老头去喂鸟儿，小伙去养鱼，女人最喜育花。鸟笼就挂满楼窗和柳丫上，鱼缸是放在走廊、台阶上，花盆却苦于没处放，就用铁丝木板在窗外凌空吊一个凉台。这里的姑娘和月季，突然被发现，立即成了长安城内之最，五年之中，姑娘被各剧团吸收了十人，月季被植物园专家参观了五次。

　　就是这么个巷子，开始有了声名，参观者愈来愈多了。八一年冬，我由郊外移居城内，天天上下班，都要路过这巷子，总是带了油盐酱醋瓶，去那巷头四间门面捎带，吃醋椒是酸辣，尝盐碱是咸苦。进了巷口，一直往南走，短短小巷，却用去我好多时间，走一步，看一步，想一步，千缕思绪，万般感想。出了南巷口，见孩子们又拥在甘蔗铺前啃甘蔗，吃得有滋有味，小孩吃，大人也吃。我便不禁两耳下陷坑，满口生津，走去也买一根，果然水分最多，糖分最浓，且甜味最长。

记于 1982 年 7 月 2 日静虚村

导读

贾平凹(1952—)，陕西丹凤人，当代作家。代表作有小说集《商州散记》《腊月·正月》《满月儿》，长篇小说《商州》《浮躁》《废都》《白夜》《秦腔》，自传体作品《我是农民》，散文集《月迹》《心迹》《爱的踪迹》《丑石》等。

贾平凹的散文内容极为宽泛，社会人生的独特体察、个人内心的情绪变化、偶然感悟的哲理等等皆可入文。

这篇散文走的是贾平凹非常擅长的民俗风情路数。长安城的五味巷本是一条寂寞宁静的小巷，后来日渐有了声名，现在已成为当地著名一景，无论是巷中被烟火环绕依旧冬去春来的柳树，还是狭长窄小的阁楼，都充满了人情之美。贾平凹用他如同陕北土门边上的城墙般敦厚踏实的语言，为我们描绘出一幅以血缘、邻里、人情关系为纽带的城市图景，写出了当地人的民风淳朴，写出了秦川文化的风俗，也写出了人生的种种况味。这个巷子里头的居民都是旷达的，早早就已识得"吃醋椒是酸辣、尝盐碱是咸苦"，五味人生，甘苦自知，因此生活在巷子中的人们也一直保持着平和淡泊的心态，其乐融融。贾平凹的散文并不是就事论事，而是在每个故事中蕴含着它的哲理。他写五味巷，其实仍是在写人生。

我生活的地方　我为何生活（节选）[①]

[美国]亨利·梭罗 著　徐迟 译

八月里，在轻柔的斜风细雨暂停的时候，这小小的湖做我的邻居，最为珍贵，那时水和空气都完全平静了，天空中却密布着乌云，下午才过了一半却已具备了黄昏的一切肃穆，而画眉在四周唱歌，隔岸相闻。这样的湖，再没有比这时候更平静的了。湖上的明净的空气自然很稀薄，而且给乌云映得很黯淡了，湖水却充满了光明和倒影，成为一个下界的天空，更加值得珍视。从最近被伐木的附近一个峰顶上向南看，穿过小山间的巨大凹处，看得见隔湖的一幅愉快的图景，那凹处正好形成湖岸，那儿两座小山坡相倾斜而下，使人感觉到似有一条溪涧从山林谷中流下，但是，却没有溪涧。我是这样从近处的绿色山峰之间和之上，远望蔚蓝的地平线上的一些远山或更高的山峰的。真的，踮起了脚来，我可以望见西北角上更远、更蓝的山脉，这种蓝颜色是天空的染料制造厂中最真实的产品，我还可以望见村

[①]选自《瓦尔登湖》，吉林人民出版社，1997年版。

镇的一角。但是要换一个方向看的话，虽然我站得如此高，却给郁茂的树木围住，什么也看不透，看不到了。在邻近，有一些流水真好，水有浮力，地就浮在上面了，便是最小的井也有这一点值得推荐。当你窥望井底的时候，你发现大地并不是连绵的大陆，而是隔绝的孤岛。这是很重要的，正如井水之能冷藏牛油。当我的目光从这一个山顶越过湖向萨德伯里草原望过去的时候，在发大水的季节里，我觉得草原升高了，大约是蒸腾的山谷中显示出海市蜃楼的效果。草原好像沉在水盆底下的一个天然铸成的铜币，湖之外的大地都好像薄薄的表皮，成了孤岛，给小小一片横亘在上面的水波浮载着，我才被提醒，我居住的地方只不过是干燥的土地。

虽然从我的门口望出去，风景范围更狭隘，我却一点不觉得它拥挤，更无被囚禁的感觉。尽够我的想象力在那里遨游的了。矮橡树丛生的高原升起在对岸，一直向西去的大平原和鞑靼式的草原伸展开去，给所有的流浪人家一个广阔的天地。当达摩达拉的牛羊群需要更大的新牧场时，他说过，"再没有比自由地欣赏广阔的地平线的人更快活的人了"。

时间和地点都已变换，我生活在更靠近宇宙中的这些部分，更挨紧历史中最吸引我的那些时代。我生活的地方遥远得跟天文学家每晚观察的太空一样。我们惯于幻想，在天体的更远更僻的一角，有着更稀罕、更愉快的地方，在仙后星座的椅子形状的后面，远远地离了喧闹和骚扰。我发现我的房屋位置正是这样一个遁隐之处，它是终古常新的没有受到污染的宇宙的一部分。如果说，居住在这些部分，更靠近昂星团或毕星团，以及牵牛星座或天鹰星座，更加值得的话，那么，我真正是住在那些地方的，至少是，就跟那些星座一样远离被我抛在后面的人世。那些闪闪的小光，那些柔美的光线，传给我最近的邻居，只有在没有月亮的夜间才能够看得到。我所居住的便是创造物中那部分：

曾有个牧羊人活在世上，
他的思想有高山那样
崇高，在那里，他的羊群
每小时都给予他营养。

如果牧羊人的羊群老是走到比他的思想还要高的牧场上，我们会觉得他的生活是怎样的呢？

每一个早晨都是一个愉快的邀请，使得我的生活跟大自然同样简单，也许我可以说，同样纯洁无瑕。我向曙光顶礼，忠诚如同希腊人。我起身很早，在湖中洗澡——这是个充满宗教意味的运动，是我所做到的最好的一件事。据说在成汤王的浴盆上就刻着这样的字：苟日新，日日新，又日新。①我懂得这个道理。黎明带回来了英雄时代。

---

①引自汤之《盘铭》。

在最早的黎明中，我坐着，门窗大开，一只看不到也想象不到的蚊虫在我的房中飞，它那微弱的吟声都能感动我，就像我听到了宣扬美名的金属喇叭声一样。这是荷马的一首安魂曲，空中的《伊利亚特》和《奥德赛》①，歌唱着它的愤怒与漂泊。此中大有宇宙本体之感——宣告着世界的无穷精力与生生不息，直到它被禁。黎明啊，一天之中最值得纪念的时节，是觉醒的时辰。那时候，我们的昏沉欲睡的感觉是最少的了——也至少有一小时之久，整日整夜昏昏沉沉的官能大都要清醒起来。但是，如果我们并不是给我们自己的禀赋所唤醒，而是给什么仆人机械地用肘子推醒的；如果并不是由我们内心的新生力量和内心的要求来唤醒我们，既没有那空中的芳香，也没有回荡的天籁的音乐，而是工厂的汽笛唤醒了我们的；如果我们醒时，并没有比睡前有了更崇高的生命，那么这样的白天，即便能称之为白天，也不会有什么希望可言。要知道，黑暗可以产生这样的好果子，黑暗是可以证明它自己的功能并不下于白昼的。一个人如果不能相信每一天都有一个比他亵渎过的更早、更神圣的曙光时辰，他一定是已经对于生命失望的了，正在摸索着一条陷入黑暗去的道路。感官的生活在休息了一夜之后，人的灵魂，或者就说是人的官能吧，每天都重新精力弥漫一次，而他的禀赋又可以去试探他能完成何等崇高的生活了。可以纪念的一切事，我敢说，都在黎明时间的氛围中发生。《吠陀经》②说："一切知，俱于黎明中醒。"诗歌与艺术，

---

①相传著名史诗《伊利亚特》和《奥德赛》是荷马所唱的唱本。
②印度婆罗门的古代经典，共四卷。

人类行为中最美丽最值得纪念的事都出发于这一时刻。所有的诗人和英雄都像曼侬，那曙光之神的儿子，在日出时他播送竖琴音乐。以富于弹性的和精力充沛的思想追随着太阳步伐的人，白昼对于他便是一个永恒的黎明。这和时钟的鸣声不相干，也不用管人们是什么态度，在从事什么劳动。早晨是我醒来时内心有黎明感觉的一个时候。改良德性就是为了把昏沉的睡眠抛弃。人们如果不是在浑浑噩噩地睡觉，那为什么他们回顾每一天的时候要说得这么可怜呢？他们都是精明人嘛。他们如果没有给昏睡所征服，是可以干成一些事的。几百万人清醒得足以从事体力劳动，但是一百万人中，只有一个人才清醒得足以有效地服役于智慧；一亿人中，才能有一个人，生活得诗意而神圣。清醒就是生活。我还没有遇到过一个非常清醒的人。要是见到了他，我怎敢凝视他呢？

　　我们必须学会再苏醒，更须学会保持清醒而不再昏睡，但不能用机械的方法，而应寄托无穷的期望于黎明，即使在最沉的沉睡中，黎明也不会抛弃我们的。我没有看到过更使人振奋的事实了，人类无疑是有能力来有意识地提高自己的生命的。能画出某一张画，雕塑出某一个肖像，美化某几个对象，这是很了不起的，但更加荣耀的事是能够塑造或画出那种氛围与媒介来，从中能使我们发现，而且能使我们正当地有所为。能影响当代的本质的，是最高的艺术。每人都应该把最崇高的和紧急时刻他所考虑到的做到，使他的生命配得上他所想的，甚至小节上也配得上。如果我们拒绝了，或者说虚耗了我们得到的这一点微不足道的思想，神是自会清清楚楚地把如何做到这一点告诉我们的。

我到林中去，因为我希望谨慎地生活，只面对生活的基本事实，看看我是否学得到生活要教育我的东西，免得到了临死的时候，才发现我根本就没有生活过。我不希望度过非生活的生活，生活是这样的可爱；我却也不愿意去修行过隐逸的生活，除非是万不得已。我要生活得深深地把生命的精髓都吸到，要生活得稳稳当当，生活得斯巴达式①的，以便根除一切非生活的东西，划出一块刈割的面积来，细细地刈割或修剪，把生活压缩到一个角隅里去，把它缩小到最低的条件中。如果它被证明是卑微的，那么就把那真正的卑微全部认识到，并把它的卑微之处公布于世界；或者，如果它是崇高的，就用切身的经历来体会它，在我下一次远游时，也可以做出一个真实的报道。因为，我看，大多数人还确定不了他们的生活是属于魔鬼的还是属于上帝的，然而又多少有点轻率地下了判断，认为人生的主要目标是"归荣耀于神，并永远从神那里得到喜悦"。

然而我们依然生活得卑微，像蚂蚁，虽然神话告诉我们说，我们早已经变成人了，像小人国里的人，我们和长脖子仙鹤作战。这真是错误之上加错误，脏抹布之上更抹脏，我们最优美的德性在这里成了多余的本可避免的劫数。我们的生活在琐碎之中消耗掉了。

---

①刻苦耐劳，简单而严格。

一个老实的人除十指之外，便用不着更大的数字了，在特殊情况下也顶多加上十个足趾，其余不妨笼而统之。简单，简单，简单啊！我说，最好你的事只两件或三件，不要一百件或一千件。不必计算一百万，半打不是够计算了吗？总之，账目可以记在大拇指指甲上就好了。在这浪涛滔天的文明生活的海洋中，一个人要生活，得经历这样的风暴、流沙和一千零一种事变，除非他纵身一跃，直下海底。不要做船位推算去安抵目的港了，那些事业成功的人，真是伟大的计算家啊。简单化，简单化！不必一天三餐，如果必要，一顿也够了；不要百道菜，五道够多了；至于别的，就按同样的比例来减少好了。我们的生活像德意志联邦，全是小邦组成的。联邦的边界永在变动，甚至一个德国人也不能在任何时候把边界告诉你。国家是有所谓内政的改进的，实际上它全是些外表的，甚肤浅的事务，它是这样一种不易被运用的、生长得臃肿庞大的机构，壅塞着家具，掉进自己设置的陷阱，给奢侈和挥霍毁坏完了。因为它没有计算，也没崇高的目标，好比地面上的一百万户人家一样。对于这种情况，和对于他们一样，唯一的医疗办法是依靠一种严峻的经济学，一种严峻得更甚于斯巴达人的简单的生活，并提高生活的目标。生活现在是太放荡了。人们以为国家必须有商业，必须把冰块出口，还要用电报来说话，还要一小时奔驰三十英里，毫不怀疑它们有没有用处。但是我们应该生活得像狒狒呢，还是像人，这一点倒又确定不了。

如果我们不做出枕木来，不轧制钢轨，不日夜工作，而只是笨手笨脚地对付我们的生活，来改善它们，那么谁还想修筑铁路呢？如果不造铁路，我们如何能准时赶到天堂去呢？可是，我们只要住在家里，管我们的私事，谁还需要铁路呢？我们没有乘坐铁路，铁路倒乘坐了我们。你难道没有想过，铁路底下躺着的枕木是什么？每一根都是一个人，爱尔兰人，或北方佬。铁轨就铺在他们身上，他们身上又铺起了黄沙，而列车平滑地驰过他们。我告诉你，他们真是睡得熟啊。每隔几年，铁路底下就换上了一批新的枕木，车辆还在上面奔驰着。如果一批人能在铁轨之上愉快地乘车经过，必然有另一批不幸的人是在下面被乘坐、被压过去的。当我们奔驰过了一个梦中行路的人——一根出轨的多余的枕木，他们只得唤醒他，突然停下车子，吼叫不已，好像这是一个例外。我听到了真觉得有趣，他们每五英里路派定了一队人，要那些枕木长眠不起，并保持应有的高低。由此可见，他们有时候还是要站起来的。

　　为什么我们应该生活得这样匆忙，这样浪费生命呢？我们下了决心，要在饥饿以前就饿死。人们时常说，及时缝一针，将来可以少缝九针，所以现在他们缝了一千针，只是为了明天少缝九千针。说到工作，任何结果也没有。我们患了跳舞病，连脑袋都无法保持静止。如果在寺院的钟楼下，我刚拉了几下绳子，使钟发出火警的信号来，钟声还没大响起来，在康科德附近的田园里的人，尽管今天早晨说了多少次他们如何如何地忙，没有一个男人，或孩子，或女人，我敢说是会不放下工作而朝着那声音跑来的，主要不是要从火里救出财产来。如果我们说老实话，更多的还是来看火烧的，因为已经烧着了，而且这火，要知道，不是我们放的；或者是来看这场火是怎么被扑灭的，要是不费什么劲，也还可以帮忙救救火。就是这样，即使教堂本身着了火也是这样。一个人吃了午饭，只睡了半个小时的午觉，一醒来就抬起了头，问："有什么新闻？"好像全人类都在为他放哨。有人还下命令，每隔半小时唤醒他一次，无疑的是并不为什么特别的原因，然后，为报答人家起见，他谈了谈他的梦。睡了一夜之后，新闻之不可缺少，正如早饭一样重要。"请告诉我发生在这个星球之上的任何地方的任何人的新闻。"——于是他一边喝咖啡、吃面包圈，一边读报纸，知道了这天早晨的瓦奇多河上，有一个人的眼睛被挖掉了，一点不在乎他自己就生活在这个世界的深不可测的大黑洞里，自己的眼睛里早就是没有瞳仁的了。

导读

亨利·梭罗（1817—1862），19世纪美国超验主义运动代表人物，代表作《瓦尔登湖》记录了他于1845年至1847年在康科德附近的瓦尔登湖畔度过的一段隐居生活。在他笔下，自然、人，以及超验主义的理想交融汇合，浑然一体。

这篇散文是梭罗众多瓦尔登湖畔生活札记中的一篇，梭罗的著作多是根据他在大自然中的体验写成的，这篇也不例外。梭罗的文字里有一种清寒与纯净，能够让人的内心逐渐平静。他笔下那个简单而馥郁、孤独而芬芳的世界是那么美，让人身不能至而心向往之。当然，它的精致和安静，并不适合快速地阅读，而需要细细地体味与慢慢地沉潜。正如译者徐迟所说，梭罗的文章若在繁忙的白昼时读，是会将信将疑的，觉得它并没有什么好处，非得到黄昏，心情逐渐寂寞和恬静下来，才觉得"语语惊人，字字闪光，沁人肺腑，动我衷肠"，而到夜深万籁俱寂之时，才能领略到它的精髓。

这是一篇寂寞之文，然而若只是伤感的寂寞，梭罗的意义会小得多。梭罗的寂寞并不是一种自怜自叹，他的态度是内省的，虽安身于那个他所钟情的小世界，却一直将自己的灵魂栖息于幽静的思考中，他在自然中感受孤独，领悟孤独，并将孤独上升为一种哲思。

此时的他虽然仍旧是独居的一个人，精神上却已是强大的，探索到孤独的深度。梭罗受东方哲学思想影响很深，东方思想区别于西方的特点在于：东方重精神，西方重物质；东方亲近自然，西方疏离自然。因此，只要你读懂了瓦尔登湖静谧幽远的风景，你就会发现，我们并不比高声大笑的潜水鸟更孤独，也不比瓦尔登的湖水更寂寞。

行路难，雪满山

没有理想的人生是可悲的，理想是一个人的精神支柱、生命之源，只有从小树立远大的志向，才能获得持续地为之奋斗的力量。不过，理想之路从来不是一蹴而就的，它是一次又一次艰难的考验。然而，行路虽难，却也要有"仰天自长啸，清风入我襟"的胸怀；行路虽难，但只要我们努力，一定也能精诚所至，金石为开。

《米开朗琪罗传》序[1]

[法国]罗曼·罗兰 著 傅雷 译

在翡冷翠的国家美术馆中，有一座被米开朗琪罗称为《胜利者》的白石雕像。这是一个裸露的青年，生成美丽的躯体，低低的额上垂覆着鬈曲的头发。昂昂地站着，他的膝盖踞曲在一个胡髭满面的囚人背上，囚人蜷伏着，头伸向前面，如一头牛。可是胜利者并不注视他。在他的拳头将要击下去的一刹那，他停住了，满是沉郁之感的嘴巴和犹豫的目光转向别处去了。手臂折转去向着肩头，身子往后仰着。他不再要胜利，胜利使他厌恶。他已征服了，但亦被征服了。

这副英雄的惶惑之像，这个折了翅翼的胜利之神，在米开朗琪罗全部作品中是永留在工作室中的唯一的作品。以后，达涅尔·特·沃尔泰雷想把它安置在米氏墓上——它既是米开朗琪罗自己，也是他全部生涯的象征。

---

[1] 选自《傅译传记五种》，北京十月文艺出版社，2004年版。

痛苦是无穷的，它具有种种形式。有时，它是由于物质的凌虐，如灾难、疾病、命运的褊枉、人类的恶意；有时，它即蕴藏在人的内心。在这种情境中的痛苦，是同样的可悯，同样的无可挽救。因为人不能自己选择他的人生，人既不要求生，也不要求成为他所想成为的样子。

米开朗琪罗的痛苦，即是这后一种。他有力量，他生来便是为战斗为征服的人，而且他居然征服了——可是，他不要胜利。他所要的并不在此——真是哈姆雷特式的悲剧啊！赋有英雄的天才而没有实现的意志，赋有专断的热情而并无奋激的愿望：这是多么悲痛的矛盾！

人们可不要以为我们在许多别的伟大之外，在此更发现一桩伟大！我们永远不会说是因为一个人太伟大了，世界于他才显得不够。精神的烦闷并非伟大的一种标志。即在一般伟大的人物，缺少生灵与万物之间、生命与生命律令之间的和谐并不算是伟大，却是一桩弱点。

为何要隐蔽这弱点呢？最弱的人难道是最不值得人家爱恋吗？——他正是更值得爱恋，因为他对于爱的需求更为迫切。我绝不会造成不可企及的英雄范型。我恨那懦怯的理想主义，它只教人不去注视人生的苦难和心灵的弱点。我们当和太容易被梦想与甘言所欺骗的民众说：英雄的谎言只是懦怯的表现。世界上只有一种英

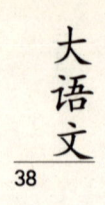

雄主义，便是注视世界的真面目，并且爱世界。

我在此所要叙述的悲剧，是一种与生俱来的痛苦，从生命的核心中发出的，它毫无间歇地侵蚀生命，直到把生命完全毁灭为止。这是巨大的人类中最显著的代表之一，一千九百余年来，我们的西方充塞着他的痛苦与信仰的呼声——这代表便是基督徒。

将来，有一天，在多少世纪的终极——如果我们尘世的事迹还能保存于人类记忆中的话——会有一天，那些生存的人们，对于这个消逝的种族，会倚凭在他们堕落的深渊旁边，好似但丁俯在地狱第八层的火坑之旁那样，充满着惊叹、厌恶与怜悯。

但对于这种又惊又佩又恶又怜的感觉，谁还能比我们感到更真切呢？因为我们自幼便被渗透这些悲痛的情操，便看到最亲爱的人们相斗，我们一向识得这基督教悲观主义的苦涩而又醉人的味道，我们曾在怀疑踌躇的辰光，费了多少力量，才止住自己不致和多少旁人一样堕入虚无的幻象中去。

神啊！永恒的生啊！这是一般在此世无法生存的人们的荫庇！信仰，往往只是对于人生、对于前途的不信仰，只是对于自己的不信仰，只是缺乏勇气与欢乐！……啊，信仰！你的苦痛的胜利，是由多少的失败造成的呢！

基督徒们，为了这，我才爱你们，为你们抱憾。我为你们怨叹，我也叹赏你们的悲愁。你们使世界变得凄惨，又把它装点得更美。

当你的痛苦消失的时候，世界将更加枯索了。在这满是卑怯之徒的时代——在苦痛前面发抖，大声疾呼地要求他们的幸福，而这幸福往往便是别人的灾难——我们应当敢于正视痛苦，尊敬痛苦！欢乐固然值得颂赞，痛苦亦何尝不值得颂赞！这两位是姊妹，而且都是圣者。她们锻炼人类展开伟大的心魂。她们是力，是生，是神。凡是不能兼爱欢乐与痛苦的人，便是既不爱欢乐，亦不爱痛苦。凡能体味她们的，方懂得人生的价值和离开人生时的甜蜜。

导读

罗曼·罗兰（1866—1944），法国作家。代表作有长篇小说《约翰·克里斯朵夫》《名人传》等。1915年获诺贝尔文学奖。

罗曼·罗兰在《名人传》中写了三个历史上赫赫有名的人物：德国作曲家贝多芬、意大利天才雕刻家米开朗琪罗、俄罗斯著名作家托尔斯泰。在这三部传记中，罗曼·罗兰没有对名人们的生平做任何夸耀的叙述，也没有像大多数传记家们一样追溯名人们的创作历程，而是紧紧把握住这三位伟大艺术家的共同之处，着力刻画他们为追求真善美而长期忍受苦难的心路历程。罗曼·罗兰称他们为"英雄"，以感人肺腑的笔墨，写出了他们与命运抗争的崇高勇气和承受全人类苦难的伟大情怀。本文选自《米开朗琪罗传》。米开朗琪罗是一个怎样的人呢？他曾经说过"大卫（他一幅作品的主人公）用他的弹弓，我用我的弓箭"。他的艺术天分惊人，一生创作了《大卫像》《奴隶》《摩西》等多部惊世杰作，到了老年，他已经成为文艺复兴时期的最后一位艺术大师，人们对他就像对上帝一样敬重，没有任何人敢于挑战他的权威，但他个人却越来越虔诚，在上帝面前惴惴不安。如果说贝多芬的痛苦来自病痛的折磨，那么米开朗琪罗的痛苦则来自他充满矛盾的灵魂。米开朗琪罗的艺术代表了文艺复兴时期伟大的人文精神,从大卫身上我们看到了人的理想、人的尊严、人的意志,从摩西和奴隶身上看到了人与命运的抗争……虽然米开朗琪罗塑造的是神灵,但他表现的却是现实中人的苦恼和感情。因此,尽管米开朗琪罗有着这样那样的缺点,尽管他一直没能实现自己最伟大的计划,但他仍然称得上是一个"英雄"般的人物。罗曼·罗兰正是深深地感受到了这一点,才会用他壮阔的文字,为我们谱写出一曲伟大的命运之歌。

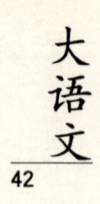

普罗米修斯[1]

[德国] 古斯塔夫·斯威布 著 楚图南 译

天和地被创造了,大海涨落于两岸之间。鱼在水里面嬉游。飞鸟在空中歌唱。大地上拥挤着动物。但还没有有灵魂可以支配周围世界的生物。这时有一个先觉者普罗米修斯,降落在大地上。他是宙斯所放逐的神祇的后裔,是地母该亚与乌拉诺斯所生的伊阿珀托斯的儿子。他机敏而睿智。他知道天神的种子隐藏在泥土里,所以他撮起一些泥土,用河水使它润湿,这样那样地捏塑着,使它成为神祇——世界之支配者的形象。为要给予泥土构成的人形以生命,他从各种动物的心里摄取善和恶,将它们封闭在人的胸膛里。在神祇中他有一个朋友,即智慧女神雅典娜。她惊奇于这提坦之子的创造物,因而把灵魂和神圣的呼吸吹送给这仅仅有着半个生命的生物。

这样,最初的人类遂被创造,不久便充满远至各处的大地。但有一段时期他们不知怎样使用他们的高贵的四肢和被吹送在身体里

---

[1] 选自曹文轩主编《中外童话万有文选》,漓江出版社,1994年版。

面的圣灵。他们视而不见，听而不闻。他们无目的地移动着，如同在梦中的人形，不知道怎样利用宇宙万物。他们不知道凿石，烧砖，用树木刻削橡梁，或利用这些材料建造房屋。他们如同忙碌的蚂蚁，聚居在没有阳光的土洞里，不能辨别冬天、花朵灿烂的春天、果实充裕的夏天的确切的征候。他们所做的事情都没有计划。于是普罗米修斯来帮助他们，教他们观察星辰的升起和降落，教他们计算和用写下的符号来交换思想。他指示他们怎样驾驭牲畜，让他们来分担人类的劳动。他训练马匹来拉车，发明船和帆用于海上航行。他也关心人类生活中别的一切活动。从前，生病的人没有医药知识，不知道应该吃喝什么，或不应该吃喝什么，也不知道服药来减轻他们的痛苦。因为没有医药，人们都极悲惨地死亡。现在普罗米修斯指示他们怎样调制药剂来医治各种疾病。其次他教他们预言未来，并为他们解释梦和异象，看鸟雀飞过和牺牲的预兆。他引导他们做地下勘探，好让他们发现矿石、铁、银和金。总之，他介绍给他们一切生活的技术和生活上的用品。

现在，天上的神祇们，其中有着最近才放逐他的父亲克洛诺斯、建立自己的权威的宙斯，他们开始注意到这新的创造物——人类了。他们很愿意保护人类，但要求人类以对他们服从作为报答。在希腊的墨科涅，在指定的一天，人、神集会来决定人类的权利和义务。在这会上，作为人类顾问而出现的普罗米修斯设法使诸神——在他

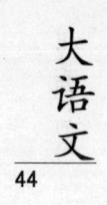

们作为保护者的权力中——不要给人类太重的负担。

这时,他的机智驱使他欺骗神祇。他代表他的创造物宰杀了一匹大公牛,请神祇拿他们所喜欢的部分。他杀完之后,将它分为两堆。一堆他放上肉、内脏和脂肪,用牛皮遮盖着,顶上放着牛肚子;另一堆,他放上光骨头,巧妙地用牛的板油包蒙着,而这一堆却比较大一些!全知全能的宙斯看穿了他的骗局,说道:"伊阿珀托斯之子,显赫的王,我的好朋友,你的分配是如何不公平哟!"这时普罗米修斯相信他已骗过宙斯,暗笑着回答:"显赫的宙斯,你,万神之王,取去你随心所喜的吧。"宙斯着恼了,禁不住心头火起,但却从容地用双手去拿雪白的板油。当他将它剥开,看见剔光的骨头,他假装只是这时才发觉被骗似的,严厉地说:"我深知,我的朋友,啊,伊阿珀托斯之子!你还没有忘掉你的欺骗的伎俩!"

为了要惩罚普罗米修斯的恶作剧,宙斯拒绝给人类为了完成他们的文明所需的最后一物——火。但机敏的伊阿珀托斯的儿子,马上想出办法,补救这个缺陷。他摘取木本茴香的一枝,走到太阳车那里,当它从天上驰过,他将树枝伸到它的火焰里,直到树枝燃烧。他持着这火种降到地上,即刻第一堆丛林的火柱就升到天上。宙斯,这大发雷霆者,当他看见火焰从人类中间升起,且火光射得很广很远,他的灵魂感到刺痛。

现在人类既已有火,就不能从他们那里夺去。为抵消火所给予人类的利益，宙斯立刻为他们想出了一个新的灾害。他命令以巧妙著称的火神赫淮斯托斯创造一个美丽少女。雅典娜由于渐渐嫉妒普罗米修斯，对他失去好意，所以亲自给这个妇人穿上灿亮雪白的长袍，使她戴着下垂的面网（妇人手持面网，并将它分开），在她的头上戴上鲜花的花冠，束以金发带。这条发带也是赫淮斯托斯的杰作，他为了取悦他的父亲，十分精巧地制造了它，细致地用各种动物的多彩的形象来装饰它。神祇之使者赫耳墨斯馈赠这迷人的祸水以言语的技能，爱神阿佛洛狄忒则赋予她一切可能的媚态。于是在最使人迷恋的外表下面，宙斯布置了一种眩惑人的灾祸。他叫这女子为潘多拉，意即"有着一切天赋的女人"。因为每一个神祇都给了她一些对于人类有害的赠礼。最后他让这女子降落在人、神都在游荡并寻欢取乐的地上。他们都十分惊奇于这无与伦比的创造物，因为人类从来还没有看见过这样的妇人。同时，这女人去找"后觉者"厄庇墨透斯，他是普罗米修斯的兄弟，为人比较少有计谋。

　　普罗米修斯警告他的兄弟不要接受俄林波斯圣山的统治者的赠礼，立刻把她退回去，恐怕人类会从她那里受到灾祸。厄庇墨透斯忘记了这警告，他十分欢喜地接受这美丽年轻的妇人，在吃到苦头之前，看不出有什么祸害。在此以前——感谢普罗米修斯的劝告啊——人类还没有灾祸，也无过分的辛劳，或者长久疾病的苦痛。但这个妇人双手捧着一种赠礼来了——一只巨大的密闭着的匣子。

她刚刚走到厄庇墨透斯那里，就突然掀开盖子，于是飞出一大群的灾害，迅速地散布到地上。但匣子底上还深藏着唯一美好的东西：希望！由于万神之父的告诫，在它还没有飞出以前，潘多拉就放下盖子，将匣子永久关闭。现在数不清的不同形式的悲惨充满大地、空中和海上。疾病日夜在人类中间徘徊，秘密地，悄悄地，因为宙斯并没有给它们声音。各种不同的热病攻袭着大地，而死神，过去原是那么迟缓地赸赶着步履来到人间，现在却以如飞的步履前进了。

这事完成以后，宙斯转而向普罗米修斯本人复仇，他将这个罪人交给赫淮斯托斯和他的外号叫作强力和暴力的两个仆人克刺托斯和比亚。他吩咐他们将普罗米修斯拖到斯库提亚的荒原。在那里，下临凶险的巉谷，他们用坚固的铁链将他锁在高加索山的悬崖绝壁上。赫淮斯托斯很勉强地执行他父亲的命令，因为他爱着这提坦之子，他是普罗米修斯的同类、同辈，也是神祇的后裔，是他的曾祖父乌拉诺斯的子孙。他被逼迫不得不执行残酷的命令，说着比他残暴的两个仆人所不喜的同情的言语。因为普罗米修斯被锁在悬崖绝壁上，笔直地吊着，不能入睡，而且永不能弯曲他的疲惫的两膝。"你将发出多少控诉和悲叹，但一切都没有用，"赫淮斯托斯说，"因为宙斯的意志是不会动摇的。凡新从别人那里夺得权力而据为己有的人都是最狠心的！"

这囚徒的苦痛被判定是永久的，或者至少有三万年。他大声悲吼，并呼叫着风、河川、万物可以隐藏的虚空和万物之母的大地，来为他的苦痛做证，但他的精神仍极坚强。"无论谁，只要他学会承认定数的不可动摇的威力，"他说，"便必须忍受命运女神所判给的痛苦。"宙斯的威胁也没能劝诱他去说明他的不吉的预言，即一种新的婚姻将使诸神之王败坏和毁灭。宙斯是言出必行的。他每天派一只秃鹫去啄食囚徒的肝脏，但肝脏无论给吃掉多少，随即又复长成。这种痛苦将延续到有人自愿出来替他受罪为止。

就宙斯对他所宣示的判决来说，这事总算出乎提坦之子的意想之外更早地来到了。当他被吊在悬崖绝壁上已经有许多悲苦的岁月以后，赫剌克勒斯为寻觅赫斯珀里得斯的金苹果来到了这里。他看见神祇的后裔被锁在高加索山上，正想询问他怎样才可以寻到金苹果，却禁不住同情普罗米修斯的命运，因为他看见秃鹫正栖止于不幸的普罗米修斯的双膝上。赫剌克勒斯将他的木棒和狮皮放在身后的地下，弯弓搭箭，从苦难的普罗米修斯的肝脏旁射落凶猛的鹫鸟。然后赫剌克勒斯松开链锁，解下普罗米修斯，放他自由。但为满足宙斯所规定的条件，他使马人喀戎作了他的替身。喀戎虽也可以要求永生，但却愿意为这位提坦之子付出自己的生命。为了充分履行克洛诺斯之子宙斯的判决，被判决在悬崖绝壁长期受苦的普罗米修斯也永远戴着一只铁环，并镶上一块高加索山的石片，使宙斯能夸耀他的仇人仍然被锁在山上。

大语文

导读

古斯塔夫·斯威布(1792—1850),德国浪漫主义诗人的代表之一,编著有《希腊神话和传说》等。该书原名《神祇与英雄》,作者从多种不同的希腊文献中将凌乱复杂、矛盾歧出的希腊神话和传说加以整理编排,使前后贯串,形成前后相关的一个比较完整的体系。因此,该书不仅具有很强的可读性,同时也是迈进西方文明的一个入口。

本文选自《希腊神话和传说》。随着文明时代的开始,神话和传说时代告终。但希腊神话作为一份丰富多彩的民间口头文学的宝藏,却为我们留下了之前那个伟大时代的全面而生动的记录,反映了阶级社会前人类生活的广阔图景。

希腊神话所创造出来的一些人物,常在形象的意义之外,同时具有理想的光辉。普罗米修斯就是古希腊人创造的一个著名的取火者的伟岸形象。他表现了人从自然那里取得了火的胜利,标志着希腊人从原始阶段向文明时期的过渡,同时也表明了这个斗争过程的艰辛。他成为反抗一切过去的、褊狭的、自满的事物的不屈的战士,马克思将其誉为"哲学史上的最崇高的圣者和殉道者"。而作为著名的神话传说,普罗米修斯的故事也被改编成各种体裁——戏剧、诗歌、小说等，其中最著名的有埃斯库罗斯的《被缚的普罗米修斯》，它成为希腊早期最著名的悲剧。在这出悲剧中，所有人物都处在一个高于生存的存在的层次上，同时又无不具有属于生存的人的凡俗的弱点。因此，普罗米修斯的悲剧是宿命的，却又是崇高的。

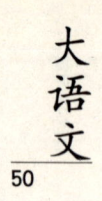

雅典法庭上的辩护[1]

[古希腊] 苏格拉底 著　余灵灵、罗林平 译

尊敬的陪审员们，你们为了眼前利益，最终决定承担置"智者"苏格拉底于死地的名声，这样，那些想要诽谤我们城邦的人会因此而责难你们。这些人正是想要抓你们的过错，才把我称为"智者"，实际上我并无智慧。其实你们如果耐心等待一段时间，就会通过自然进程达到你们的目的。你们可以看到，我生命的旅程已经快到尽头了。我这番话不是对你们在座的全体说的，而是对那些投票赞成处决我的人说的。我还有话要对他们讲。

尊敬的陪审员们，你们无疑会认为，我之所以被判刑是由于我的辩护不充分，如果我尽可能用言辞和行动打动陪审团以求获赦，也许不致被判死刑。但这种想法实属大谬不然。我不是因为没有尽力为自己辩护才被判有罪，而是因为我没有厚颜无耻地进行表演，没有以取悦你们的方式向你们谄媚。你们愿意听我哭泣哀号，愿意

---

[1] 选自《苏格拉底的最后日子——柏拉图对话集》，生活·读书·新知上海三联书店，1988年版。

我去说些和做些我认为毫无价值，而你们习惯于从别人那里听到和看到的事。但我并不认为由于我处于危险中，就必须奴颜婢膝。我至今不悔我刚才的辩护方式。我宁愿死于这种不利的辩护方式，而不愿为保命而采取其他辩护方式。法庭如同战场，无论我还是他人都不应费尽心机去逃避死亡。在战斗中，显然经常有这种情况，只要你放下武器，向追捕你的敌人乞怜，就可以避免一死。在各种危险面前都有很多逃避死亡的办法，只要你寡廉鲜耻到什么也不顾及，就可以死里逃生。但我想，尊敬的陪审员们，真正困难的不是逃避死亡，而是避免做不义之事，不义之事比死亡更难逃避。在今天的审判中，我这个迟钝的老人不能逃避死亡和危险，但聪明而敏捷的原告却不能逃避不义，不义比死亡更能毁灭人。离开法庭时，我将因为你们的判决而被处死，但他们却因为邪恶和道德败坏而被真理宣判死刑。他们和我一样接受判决，这是毫无疑问的，我认为这种结果相当公正。

我已经说了这么多，但我仍感到有一种冲动，想对赞同给我定罪的人做出预言。因为临死之时，是最能做出预言之时。告诉你们，刽子手们，我死之后，比你们杀死我更痛苦的惩罚将降临到你们身上。你们自信置我于死地，就能逃脱我对你们行为的谴责，但在我看来，结果恰恰相反——会有更多的人谴责你们。这些人现在为我所抑制，你们还不知道这一点。他们作为更年轻的一代，对你们将更严厉，会给你们增添更多的烦恼。你们如果指望以置人于死地的方法制止人们公开谴责你们生平的过失，那你们就太不理智了。以这种方式逃避对自己的谴责既不可能也不光彩。最好的和最易行的办法不是堵住别人的嘴，而是尽可能去做一个善良的人。这是我对投票赞成判我有罪的人的最后告诫。

对于主张我无罪的人，趁执政官们正忙着，我还没有赴刑场，我也想简单对你们解释几句，使你们安于我被处死这一结果。我请求你们，尊敬的陪审员们，给我一些时间，既然法律允许，我们没有理由不互相交换一下看法。我把你们看作我的朋友，我想让你们理解我目前所持的态度是正确的。

尊敬的陪审员们——只有你们才真正应该受到这样的尊称——我有一种不寻常的经验：一种预言的声音一直伴随着我，如果我要去做不该做的事，哪怕是无足轻重的小事，它都要阻止我。现在我碰到了这样的事，如你们所见，我要去死了。人们通常认为死是极大的灾难，然而当我早晨离开家时，当我来到法庭时，或在我发言的过程中，神都没有降一点征兆阻止我。在以前进行讨论时，神的声音经常在我说了半句话时突然打断我。但在这件公案上，我所说的和所做的任何事情神都从来没有阻止过我。这怎么解释呢？我想，这说明死的降临对我来说是福气，我们把死设想为最大的不幸，这是非常错误的。我有充分的理由这样想，因为，如果我所做的事肯定不能带来好结果的话，我所熟悉的声音就会阻止我。

　　从其他方面看，死亡也有理由被看作好的结果。死是两种境界之一：或是灵魂与肉体俱灭，死者对于任何事物都无知觉；或者如世俗所说，死亡就是灵魂从一处移居到另一处。如果死后没有知觉，就像无梦的睡眠，死就一定是一个奇妙的境界。我想如果让任何人把他沉睡无梦的夜晚与他一生中度过的其他日日夜夜相比较，在充分思考后指出，他的一生中有多少日日夜夜比他沉睡无梦的夜晚更美好、更幸福，我想，即使是波斯王都会发现这样的日子屈指可数，更不要说一般人了。如果死就像这样，我就把它称为福气。如果你们这样看问题的话，那么可以把死后的整个时间看作并不比一夜更长。按另一种观点看，死是灵魂从此处移居到彼处，如果这一说法是真的，所有的死人都在那一处，那还有比到那里去更幸福的事吗，尊敬的陪审员们？如果到了另一个世界，摆脱了我们这里所谓的法官的纠缠，人们就可以发现那个世界有真正的法官管理着这样的法庭，像米诺斯、雷达曼托斯、埃阿科斯[①]、特里普托勒摩斯[②]，以及所有生前行义死后成神的人，由他们管理着法庭，这样的地方不是最好的去处吗？请这样想一想：你们当中有人如果见到了奥耳甫斯、穆萨欧斯、赫西奥德，以及荷马，将会怎样呢？如果真有这样的地方，我愿去死十次。在那里我可以碰到帕拉墨得斯、特拉蒙的儿子阿雅克斯，以及其他英雄，和他们在一起，对我来说，一定是一段有趣

[①]米诺斯、雷达曼托斯、埃阿科斯：传说是宙斯在凡间的儿子。作为对他们生前正义和虔敬的报偿，他们在阴间当了法官。
[②]特里普托勒摩斯：农业的传播者，农业神。别处并没把他描述为阴间的法官。

的经历。他们也是由于不公正的审判而死的。我想如果把我的命运和他们的命运相比较，将一定非常有意思。更重要的是，我愿在那里也像在这里一样，把时间花在考察和研究人的心灵上，找出他们之中谁真正聪明，谁只是自以为聪明。尊敬的陪审员们，特洛伊之战的将领们，还有奥德修斯、西绪福斯，以及成千能叫出姓名的男男女女都在那里，能够向他们提问，与他们交谈和争论，难道不是最大的幸福吗？为此一个人还有什么不能奉献的呢？我想，在那里，他们不会因为我的这种行为而置我于死地。因为，如果人们所说的是真的话，在那个世界里，除了种种我们这个世界不具备的幸福外，那个世界的人还是永生的。

　　尊敬的陪审员们，你们也应满怀信心地期待死亡，把你们的思想建立在这样一个信念上：无论什么事情都不能够伤害一个善良的人；不论在他生前还是死后，众神都会关照他的。我的这种经验是活生生的。我很清楚，借助死亡来摆脱一切繁杂事务对我来说是件好事。这就是神的启示不来阻止我的原因。从我这方面来说，对所有那些指控和投票赞成处死我的人，我并不怀任何怨恨，虽然他们这样做并非出于善心，而是打算伤害我，他们应为此而受谴责。我只请求他们应允一件事：当我的儿子长大时，尊敬的陪审员们，你们如果认为他们把钱财或其他东西放在首位而不把善放在首位，那么你们就像我谴责你们那样去谴责他们；如果他们毫无理由地自以为了不起，你们就要像我责骂你们那样去责骂他们。因为他们忘记了潜心向善，自以为于事有益而实际于事无益。如果你们这样做了，我和我的儿子就算在你们手下得到了公正的待遇。

现在我该走了，我去赴死，你们去继续生活；谁也不知道我们之中谁更幸福，只有神才知道。

导读

苏格拉底（前469年—前399），生于雅典，古希腊哲学家。在欧洲哲学史上最早提出唯心主义的目的论。

《雅典法庭上的辩护》节选自《苏格拉底的最后日子——柏拉图对话集》，本书共收录四篇对话，记述了"苏格拉底之死"这一历史事件。

苏格拉底对被判死刑没有任何遗憾，因为他认为并不是辩护不充分所致，而是没有用取悦的方式向陪审员们谄媚和哭泣哀号，在这里，苏格拉底既表明了自己坚定的立场，也批判了当时法庭上的不良氛围。即使面临死亡的威胁，苏格拉底也不奴颜婢膝，反而是以战斗的姿态进行辩护。苏格拉底将法庭比作战场，认为每个人都不应该费尽心思地逃避死亡，虽然放下武器，向敌人乞怜，可以避免一死。苏格拉底认为真正的困难不是逃避死亡，而是避免做不义之事，因为不义比死亡更能毁灭人，并宣判那些不义的人会被真理宣判死刑。为正义而死，苏格拉底获得了精神上的真正胜利；那些因不义而偷生的人却将遭受最严厉、最痛苦的惩罚。由此可见，苏格拉底在死亡面前，表现出了大义凛然、不懈追求真理的精神。

对于死亡，苏格拉底并不痛惜畏惧，他认为，如果死是灵魂从此处移居到彼处,并与那些伟大的先哲、英雄们,以及所有生前行义、死后成神的人在一起,"我愿去死十次",因为那个世界的人获得了永生。真理永存。

苏格拉底虽然被处以死刑,但正如他所预言的,正义和真理是不朽的。两千多年来,苏格拉底的哲学思想和执着追求真理的精神,在人类思想文化的长河中熠熠闪烁。

当和风拂过心湖

生命像草木,需要水的浇灌,使它茁壮地成长;生命像花朵,需要情感的滋润,抚慰柔软的心灵。一个人的生命中,会遇到各种各样的情感,亲情、友情、爱情,生活就是同时背负你所牵挂的人们的酸甜苦辣,这些情感的飞絮浸润着我们的生活,让我们快乐,让我们忧伤,是我们成长路途中收获的宝贵财富。

我们看菊花去[1]

白先勇 著

一

早上有点阴寒,从被窝里伸出手来觉得冰浸的,纱窗外朦朦胧胧,是一片暗灰色,乍看起来辰光还早得很。我打了一个翻身,刚想闭上眼睛养会儿神,爸爸已经来叫我了。他说姐姐的住院手续全部办妥,林大夫跟他约好了十点钟在台大医院见面,但是他临时有个会要开,恐怕赶不回来,所以叫我先送姐姐去,他随后把姐姐的衣服送去。爸爸临出门的时候对我再三嘱咐,叫我送姐姐去的时候千万要小心。

我到姐姐房中时,妈一个人正在低着头替姐姐收拾衣服用具,她看见我走进来便问我道:

"爸爸跟你讲过了吧?"

"讲过了,妈。"

---

[1] 选自《寂寞的十七岁》,上海文艺出版社,1999年版。

妈仍旧低下头继续收拾东西，我坐在床边没有说话，默默地看着她把姐姐的衣服一件一件从柜子里拿出来，然后叠得平平地放进姐姐的小皮箱中。房里很静，只有妈抖衣服的窸窣声。我偷偷地端详了妈的脸一下，她的脸色苍白，眼皮似乎还有些浮肿似的。妈一向就有失眠症，早上总是起不早的，可是今天天刚亮我就仿佛听到她在隔壁房里讲话了。

"妈，你今天起得那么早，这下子该有点累了，去歇歇好吧？"我看妈弯着腰的样子很疲倦，站起来想去代她叠衣服。妈朝我摆了摆手，仍然没有抬起头来，可是我却看见她手中拿着的那件红毛衣角上闪着两颗大大的泪珠。

"妈，你要不要再见姐姐一面？"我看妈快要收拾完毕时便问她道。妈的嘴皮动了几下，想说什么话又吞了下去，过了半晌终于答道：

"好的，你去带你姐姐来吧。"可是我刚踏出房门，妈忽然制止我，"不——不——现在不要，我现在不能见她。"

二

我们院子里本来就寒碜，这十月天更萧条。几株扶桑枝条上东一个西一个尽挂着虫茧，有几朵花苞才伸头就给毛虫咬死了，紫浆都淌了出来，好像伤兵流的瘀血。原来小径的两旁刚种了两排杜鹃，

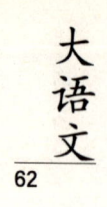

哪晓得上月一阵台风，全倒了——萎缩得如同发育不全的老姑娘，明年也未必能开花。姐姐坐在小径尽头的石头堆上，怀中抱着她那只胖猫咪，她的脸偎着猫咪的头，叽叽咕咕不知对猫咪讲些什么。当她看见我走过去的时候，瞪着眼睛向我凝视了一会儿，忽然她咧开嘴笑得像个小孩似的：

"嘻嘻，弟弟，我才和咪咪说，叫它乖些，我等一下给它弄条鱼吃。喔，弟弟，昨晚好冷，吓得我要死！我把咪咪放到被窝里面来了，被窝里好暖和的，地板冷，咪咪要冻坏，嘻嘻——嘻嘻——咪咪不听话，在被窝里乱舔我的脸，后来又溜了出来。你看，咪咪，你打喷嚏了吧？听话！等一下我给你鱼吃……"姐姐在咪咪的鼻尖上吻了一下，猫咪耸了一耸毛，舒舒服服地打了一个呼噜。

姐姐的大衣钮子扣错了，衣服东扯西拉的，显得愈加臃肿，身上的肉箍得一节一节挤了出来；袖子也没有扯好，里面的毛衣袖口伸出一半来。头上的发卡忘记取下来了，有两三个吊在耳根子后面，一讲话就甩呀甩的，头发也是乱蓬蓬一束一束绞缠在一起。

"弟弟，咪咪好刁的，昨晚没得鱼，它连饭都不要吃了，把我气得要死——"姐姐讲到这，猫咪呜呜地叫了两下，姐姐连忙吻它一下，好像生怕得罪它似的，"哦，哦，你不要怕，噢，我又没骂你，又没有打你，你乖我就不说你了。弟弟，你看，你看，咪咪好可怜巴巴的样子。"

三轮车已经在门外等了很久了，我心中一直盘算着如何使姐姐上车而不起疑心，我忽然想到新公园这两天有菊花展览，新公园在台大医院对面。

"菊花展览？呃——呃——想是想去，不过咪咪还没吃饭，我想我还是不去吧。"

"不要紧，姐姐，我们一会儿就回来，回来给咪咪买两条鱼吃，好不好？"

"真的，弟弟？"姐姐喜得抓住我的衣角笑起来，"你答应了的啊，弟弟，两条鱼！咪咪，你听到没有？"姐姐在猫咪的鼻尖上吻了好几下。

我帮姐姐把衣服、头发整了一下，才挽着她上车。姐姐本来想把猫咪一块儿带走的，我坚持不肯，姐姐很难过的样子，放下猫咪对我说：

"不要这样嘛，弟弟，咪咪好可怜的，没有我它要哭了的。你看，弟弟，它真的想哭了——咪咪，噢，我马上就回来，买鱼回来给你吃。"

车子走了，我看见妈站在大门背后，嘴上捂着一条手帕。

三

姐姐紧紧地挽着我，我握着姐姐胖胖的手臂，十分暖和。姐姐很久没有上街了，看见街上热闹的情形非常兴奋，睁大眼睛像个刚进城的小孩一般。

"弟弟，你记得以前我们在桂林上小学时也是坐三轮车去的。"姐姐对于小时候的事情记得最清楚。

"弟弟，你那时——呃，八岁吧？"

"七岁，姐。"

"哦，现在呢？"

"十八了。"

"噢！嘻嘻，弟弟，那时我们爱一道荡秋千，有一次，你跌了下来——"

"把下巴跌肿了，是不是，姐？"

"对啦！吓得我要死，你想哭——"

"你叫我不要哭，你说男孩子哭不得的，是吗？"

"对啦！那时立立跟见见还在，它们也是两姐弟。"

"嗯。"

"见见是给车压扁了，立立后来是怎么着——"

"是生肺炎死的，姐。"

"对啦，我哭了好久呢！后来我们帮它们在岩洞口挖了两个坟，还树了碑的呢！从那时候起我再也不养狗了。"

姐姐想到立立与见见，脸上有点悲苦，沉默了一会儿，她又想别的事情去了!

"弟弟,那时我们爱种南瓜,天天放学到别人家马棚里去偷马粪回来施肥,噢,那一年我们的南瓜有一个好大好大,多少斤,弟?"

"三十多斤呢,姐。"

"噢,我记得,我们把那个大南瓜拿到乡下给奶奶时,奶奶笑得合不拢嘴来,赏了我们好多山楂饼和荸荠呢!奶奶最爱叫我什么来着,弟弟,你还记得不?"

我怎么不记得?奶奶最爱叫姐姐"苹果妹"了,姐姐从小就长得周身浑圆,胖嘟嘟的两团腮红透了,两只眼睛活像小玩具熊的一样,圆得俏皮,奶奶一看见她就揪住她的胖腮帮子吻个半天。

"哈哈,弟弟,'一二三,一二三,左转弯来右转弯——'"姐姐高兴得忘了形,忽然大声唱起我们小时候在学校里爱唱的歌来了。这时三轮车夫回头很古怪地朝姐姐看了一眼,我知道他的想法,我的脸发热起来了。姐姐没有觉得,她仍旧天真得跟小时候一样,所不同的是她以前那张红得透熟的苹果脸现在已经变得蜡黄了,好像给虫蛀过一样,有点浮肿,一戳就要瘪下去一样;眼睛也变了,凝滞无光,像死了四五天的金鱼眼。

"一二三,一二三——"

"嘘!姐,别那么大声,人家要笑话你了。"

"哦,哦,'一二三——'哈,弟弟,奶奶后来怎么着了?我好像很久很久没有看见她了，呃——"愈是后来的事情姐姐的记忆愈是模糊了。

"奇怪！弟，奶奶后来到底怎么了？"

"奶奶不是老早过世了吗，姐？"这个问题她已经问过我好多次了。

"奶奶过世了？噢！什么时候过世的？我怎么不知道？"

"那时你还在外国念书，姐。"

姐姐的脸色突然变了，好像有什么东西刺了她一下，眼睛里显出几分惶恐，嘴唇颤动了一会儿，嗫嚅说道："弟，我怕，一个人在漆黑的宿舍里头，我溜了出来，后来……后来跌到沟里去，又给他们抓了回去，他们把我关到一个小房间里，说我是疯子。我说我不是疯子，他们不信，他们要关我，我怕极了。弟，我想你们得很，我没有办法，我只会哭——我天天吵着要回来，回家。我说家里不会关我的——"姐姐挽得我更紧了，好像非常依赖我似的。

我的脸又热了起来，手心有点发汗。

四

早上十点钟是台大医院最热闹的当儿，门口停满了三轮，求诊的、出院的，进出不停，有的人头上裹了绷带，有的脚上缠着纱布，还有些什么也没有扎，却是愁眉苦脸，让别人搀着哼哼唧唧地走进去。

当车子停在医院门口时，姐姐悄悄地问我：

"弟弟，我们不是去看菊花吗？来这里——"姐姐瞪着我，往医院里指了一指。

我马上接着说道："哦，是的，姐姐，我们先去看一位朋友，马上就去看菊花。"

姐姐点了点头没有做声，挽着我走了进去。里面比外面暖多了，有点燠闷，一股冲鼻的气味刺得人不太舒服，像是消毒品的药味，又似乎是痰盂里发出来的腥臭。小孩打针的哭声，急诊室里的呻吟，以及走廊架床上阵阵的颤抖，嘤嘤嗡嗡，在这个博物院似的大建筑物里互相交织着。走廊及候诊室全排满了病人，一个挨着一个在等待自己的号码，有的低头看报，有的瞪着眼睛发怔，一有人走过跟前，大家就不约而同地扫上一眼。我挽着姐姐走过这些走廊时恨不得三步当两步跨过去，因为每一道目光扫过来时，我就得低一下头；可是姐姐的步子却愈来愈迟缓了，她没有说什么，我从她的眼神中却看出了她心中渐生的恐惧。外科诊室外面病人特别多，把过道塞住了，要过去就得把人群挤开，正当我急急忙忙用手拨路时，姐姐忽然紧紧抓住我的手臂停了下来。

"弟弟，我想我们还是回去吧。"

"为什么，姐？"我的心怦然一跳。

"弟，这个地方不好，这些人——呃，我要回去了。"

我连忙放低了声音温和地对姐姐说：

"姐，你不是要去看菊花吗？我们去看看朋友然后马上就——"

"不！我要回去了。"姐姐咬住下唇执拗地说。这种情形姐姐小时候有时也会发生的，那时我总迁就她，可是今天我却不能了。姐姐要往回走，我紧紧地挽着她不让她走。

"我要回去嘛！"姐姐忽然提高了声音。立刻所有的病人一齐朝我们看过来，几十道目光逼得我十分尴尬。

"姐——"我乞求地叫着她。姐姐不管，仍旧往回里挣扎，我愈用力拖住她，她愈挣得厉害，她胖胖的身躯左一扭右一扭，我几乎不能抓牢她了。走廊上的人全都围了过来，有几个人嘻嘻哈哈笑出了声音，有两个小孩跑到姐姐背后指指点点，我的脸如同有烧铁烙下，突然热得有点发疼："姐姐——请你——姐——"

姐姐猛一拉，我脚下没有站稳，整个人扑到她身上去了，即刻四周爆起了一阵哈哈，几乎就在同一刻，我急得不知怎地在姐姐的臂上狠劲捏了一把，姐姐痛苦地叫了一声"哎哟！"就停止了挣扎，渐渐恢复了平静与温顺，可是她圆肿的脸上却扭曲得厉害。

"怎么啦，姐？"我嗫嚅地问她。

"弟——你把我捏痛了。"姐姐捞起袖子，圆圆的臂上露出了一块紫红的伤斑。

五

　　到林大夫的诊室要走很长一节路，约莫转三四个弯才看到一条与先前不同的过道，这条过道比较狭窄而且是往地下渐渐斜下去的，所以光线阴暗，大概很少人来这里面，地板上的积尘也较厚些，道口有一扇大铁栅，和监狱里的一样，地上全是一条条栏杆的阴影。守栅的人让我们进去以后马上又把栅架上了铁锁。我一面走一面装着十分轻松的样子，与姐姐谈些我们小时的趣事，她慢慢地又开心起来了，后来她想起了家里的猫咪，还跟我说："弟，你答应了的啊，我们看完菊花买两条鱼回去给咪咪吃，咪咪好可怜的，我怕它要哭了。"过道的尽头另外又有一道铁栅，铁栅的上面有块牌子，写着"神经科"三个大字，里面是一连串病房，林大夫的诊室就在铁栅门口。

　　林大夫见我们来了，很和蔼地跟我们打了招呼，说了几句话，姐姐笑嘻嘻地说道："弟弟要带我来看菊花。"一会儿姐姐背后来了两个护士，我知道这是我们分手的时候了，我挽着姐姐走向里面那扇铁栅，两个护士跟在我们后面，姐姐挽得我紧紧的，脸上露着一丝微笑——就如同我们小时候放学手挽着手回家那样，姐姐的微笑总是那么温柔。走到铁栅门口时，两个护士便上来把姐姐接了过去，姐姐喃喃地叫了我一声"弟弟"，还没来得及讲别的话，铁栅已经

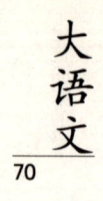

咔嚓一声上了锁，把姐姐和我隔在了两边。姐姐这时才忽然明白了什么似的，马上转身一只手紧抓着铁栅，一只手伸出栏杆外想来挽我，同时还放声哭了起来：

"你说带我来看菊花的，怎么——弟——"

六

紫衣、飞仙、醉月、大白菊——嗯，好香，我凑近那朵沾满了露水的大白菊猛吸了一口，一缕冷香，浸凉浸凉的，闻了心里头舒服多了。外面下雨了，新公园的游人零零落落剩下了几个，我心中想：要是……要是姐姐此刻能够和我一道来看看这些碗大一朵的菊花，她不知该乐成什么样儿。我有点怕回去了——我怕姐姐的咪咪真的会哭起来。

导读

　　白先勇（1937— ），广西桂林人，当代作家。代表作有小说集《寂寞的十七岁》《台北人》《纽约客》，散文集《蓦然回首》，长篇小说《孽子》等。他的作品无一例外地蕴含着深刻的人生悲剧。他擅长描写新旧交替时代人物的故事和生活，作品富有历史兴衰和人世沧桑之感。同时，他将中国古典文学传统的创作手法与西方现代派创作技巧相结合，开创了台湾文学的新局面。

　　《我们看菊花去》原题《入院》，刊于《文学》杂志第五卷第五期。当时白先勇初登文坛，文字便呈现出一种与年纪稍有不称的老辣与冷静。或许这与他早早地蒙受恩师夏济安指点——建议他多读毛姆、莫泊桑的作品有关。年纪轻轻最容易一派汪洋地倾倒在浪漫主义中的时候，他已懂得了节制。可能也是由于他华丽的身世和独特的经历，让白先勇经历了不同寻常的童年和青少年时代，这些经历都成为他文学创作的源泉。白先勇小说的基本底色是哀悼，萦绕着一种悲天悯人的情怀，中国传统文化中那种洞彻世事、沧桑虚无之感，已能从这部早期的作品中管窥。

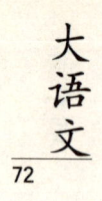

为我唱首歌吧

[英国]艾德里安 著　唐林、文军 译

在伦敦儿童医院这间小小的病室里，住着我的儿子艾德里安和其他七个孩子。艾德里安最小，只有四岁，最大的是十二岁的弗雷迪，其次是卡罗琳、伊丽莎白、约瑟夫、赫米尔、米丽雅姆和莎丽。

这些小病人，除了十岁的伊丽莎白，全是白血病的牺牲品，他们活不了多久了。伊丽莎白天真可爱，有一双蓝色的大眼睛，一头闪闪发光的金发，孩子们都很喜欢她，同时，又对她满怀真挚的同情。这是我每天去看望儿子，从他和孩子们的交谈中知道的。唉，不幸之中的同伴，分享着每一件东西，甚至分享每个孩子父母所带来的爱。

伊丽莎白的耳朵做了一次复杂的手术，再过大约一个月，她的听力就会完全消失，再也听不到声音了。伊丽莎白热爱音乐，热爱歌唱，她的歌声圆润舒缓、婉转动听，显示出作为一个未来音乐家的超人才能，这些使她将要变聋的前景更加悲惨。不过，在同伴们的面前,她从不唉声叹气,只是偶尔当她以为没人看见她时,沉默的泪水会渐渐地、渐渐地充满两眼,扑簌簌从苍白的脸蛋儿上流下。

伊丽莎白热爱音乐胜过一切。她是那么喜欢听人唱歌,就像喜欢自己演唱一样。每当我给艾德里安铺好床后,她总是示意我去儿童游戏室。在经过一天的活动后,安静的、空荡荡的房间里,她自己坐在一张宽大的椅子上,让我坐在她的旁边,紧紧拉着我的手,声音颤抖抖地恳求:"给我唱首歌吧!"

我怎么忍心拒绝这样的请求呢?我们面对面坐着,她能够看见我嘴唇的翕动,我尽可能准确地唱上两首歌。她呢,着迷似的听着,脸上透出专注喜悦的神情。我唱完,她就在我的额头上亲吻一下,表示感谢。

我说过,小伙伴们为伊丽莎白的境况感到忐忑不安,他们决定要做一些事情使她快活。在十二岁的弗雷迪倡导下,孩子们做出了一个决定,然后带着这个决定去见他们认识的朋友希尔达·柯尔比护士阿姨。

最初,柯尔比护士听了他们的打算大吃一惊。"你们想为伊丽莎白的十一岁生日举行一次音乐会?"她叫了起来,"而且只有三周时间!你们发疯了吗?"这时候,她看见了孩子们渴望的神情,不由自主地被感动了。她想了想,补充道:"你们真是全疯啦!不过,让我来帮助你们吧!"

柯尔比护士抓紧时间履行自己的诺言，她一下班就乘出租汽车去了一所音乐学校，去拜访老朋友玛丽·约瑟芬修女——一个音乐和唱诗班教师。她们见面简单地寒暄后，玛丽问："柯尔比，你来这里有什么事情？"

"玛丽，"柯尔比说，"我问你，让一群根本没有音乐知识的孩子组成一个合唱队，并在三周后举行一次音乐会，这可能吗？"

"可能，"玛丽的回答是肯定的，"当然可能。"

"上帝保佑您，玛丽！"柯尔比护士高兴得像孩子似的，"我知道你办得到。"

"请等一下，柯尔比，"被弄得糊里糊涂的玛丽打断她的话，"请说清楚一些，也许，我值不上这样的祝福哩。"

二十分钟后，两位老朋友在音乐学校的阶梯上分手。"上帝保佑你，玛丽！"柯尔比又重复一遍，"星期三下午三点钟见。"

当伊丽莎白去接受治疗时，柯尔比护士把自己的计划告诉了弗雷迪和孩子们，弗雷迪询问："这人叫什么名字？是叔叔还是阿姨？怎么会叫玛丽·约瑟芬呢？"

"弗雷迪，她是一个修女，在伦敦最好的音乐学校当老师。她准备来训练你们唱歌——一切免费。"

"太好啦！"赫米尔一声尖叫，"我们一定会唱得挺棒的！"

事情就这么决定下来。在玛丽·约瑟芬修女娴熟的指导下，孩子们每天练习唱歌，当然是在伊丽莎白接受治疗的时候。只有一个大难题：怎么把九岁的约瑟夫也吸收入合唱队？显然，不能丢下他不管，可是，他动过手术，再也不能使用声带了呀！

当其他孩子全被安排在各自唱歌的位置上时，玛丽注意到约瑟夫正神色悲哀地望着她："约瑟夫，你过来，坐在我的身边，我弹钢琴，你翻乐谱，好吗？"

一阵近乎惊愕的沉默之后，约瑟夫的两眼炯炯发光，随即合上，喜悦的泪水夺眶而出，他迅速在纸上写下一行字："修女阿姨，我不识谱。"

玛丽低下头微笑地看着这个失望的小男孩，向他保证："约瑟夫，不要担心，你一定能识谱的。"

真是不可思议，仅仅三周时间，玛丽修女和柯尔比护士就把六个快要死去的孩子组成了一个优秀的合唱队，尽管他们中没有一个具有出色的音乐才能，而现在就连那个既不能唱歌也不能说话的小男孩也成了一个自信心十足的翻乐谱者。

同样出色的是，对这个秘密的保守也十分成功。在伊丽莎白生日的这天下午，当她被领进医院的小教堂里，坐在一个"宝位"（一辆手摇车里）上时，她的惊奇显而易见。激动使她苍白、漂亮的面庞涨得绯红，她身体前倾，一动不动，聚精会神地听着。

尽管所有的听众——伊丽莎白、十位父母和三位护士——坐在

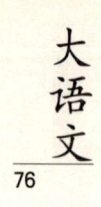

离舞台仅三米远的地方，他们仍然难以清楚地看见每个孩子的面孔，因为泪水遮住了视线，但是，他们能够毫不费力地听见孩子们的歌唱。在演出开始前，玛丽告诉孩子们："你们知道，伊丽莎白的听力已是非常非常微弱，因此，你们必须尽力大声地唱。"

音乐会获得了成功。伊丽莎白欣喜若狂，一阵浓浓的、娇媚的红晕在她苍白的脸上闪闪发光，她的眼里闪耀出奇异的光彩。她大声说，这是她过得最快乐、最最快乐的生日！合唱队的成员们十分自豪地欢呼起来，乐得又蹦又跳；约瑟夫眉飞色舞、喜悦异常。我想，这时候，我们这些大人们流的眼泪更多。

谁都知道，患不治之症快要死去的孩子，他们忍受病痛同死神决斗的信念，他们的势不可挡的勇气，使我们这些人的心都快要碎了。

这次最令人难忘、最值得纪念的音乐会，没有打印节目表，然而，我有生以来从没有听见也不曾希望会听见，比这更动人心弦的音乐。即使到了今天，倘若闭上眼睛，我仍然能够听见它那每一个震颤人心的音符。

如今，那六副幼稚的歌喉已经静默多年，那六名合唱队的成员正在地下安睡长眠，但是我敢保证，那个已经结婚、成了一个金发碧眼女孩的母亲的伊丽莎白，在她记忆的耳朵里，仍然能够听见那六个幼稚的声音、欢乐的声音、生命的声音、给人力量的声音，它们是她曾经听见的最后的声音。

导读

艾德里安（生卒年不详），英国作家。

这是一个非常感人的故事。作者以其中一位小主人公的母亲在多年以后回首往事的口吻述说着当年的一段小插曲，而除了伊丽莎白失聪后仍活在世上之外，其余的主人公们都因为白血病而早已夭亡了。全文的基调是伤感的，但故事展现出来的当年的这些小主人公们在绝症面前却是那么坚强、乐观、团结，以至于大人见了反而要忍不住心疼哭泣。为了帮助热爱音乐胜过一切的伊丽莎白，使她即使将来失聪后仍能快乐下去，全然没有音乐知识的小伙伴们悄悄苦练着，为她准备了一场别开生面的音乐会。如今，这些孩子们的身躯虽然已经不在了，但他们的声音、他们的歌唱却在那时那地深深铭刻进伊丽莎白的记忆里，不仅因为那是她曾经听见的最后的声音，也因为那是六个天真无邪的孩子从肺腑中发出的充满力量、充满生命渴望的声音。

作者的语言是朴实无华的，但字里行间饱含了深情，有她对故去的孩子的想念，也有对这些孩子超出年龄的成熟的敬佩。他们忍受病痛与死神决斗的信念，以及鼓励他人热爱生命的激情，令每一位读者都为之动容。

盗贼来到花木村①

[日本] 新美南吉 著 周龙梅、彭懿 译

从前，有五个盗贼来到花木村。

那是初夏的一天，无边的晴空下，嫩竹刚长出尖细的绿芽，松蝉在林中吱吱地鸣叫，五个盗贼从北方沿着小河走来。

花木村的村头是一片长着山楂树和苜蓿草的绿野，一群放牛的孩子正在这里玩耍。草丛中有一条潺潺②流淌的小河，一直流到村里。一架水车咕噜咕噜地转动着。看到这番动人的景象，盗贼们不禁喜上心头，他们断定这个安定富足的村子里，肯定住着不少有钱的人家。

盗贼们钻进草丛里，年龄最大的盗贼头儿说："我在这儿等着，你们几个到村里去转一下。你们刚刚跟我学偷盗，不要糊里糊涂，要好好留意那些有钱人家的窗户是不是结实，院里有没有狗，要调查清楚。好了，都去吧！我是前辈，在这儿抽袋烟等你们回来。"

盗贼头儿把徒弟们打发走以后，一屁股坐在河边的草地上，板

---

①选自韦苇选评《世界大作家儿童文学集萃》，安徽少年儿童出版社，1996年版。
②潺潺：拟声词，溪水、泉水等流动的声音。

着脸吧嗒吧嗒地抽起烟来。他是一个放火、偷窃、无恶不作的大盗贼。

"直到昨天，我还是个单干的盗贼。今天，我第一次成为盗贼的头儿。"头儿自言自语地说，"看来，当头儿实在不错，事情让徒弟们干，我在这儿躺着就行了。"

一会儿，徒弟釜右卫门回来了。直到昨天，他还是一个走街串户的锅匠，专门修造铁锅和茶炉子。

"头儿，头儿！"釜右卫门连连喊道。

盗贼头儿从草地上忽地一下站了起来："臭小子，吓了我一跳……村里怎么样？"

"太好了，头儿！有了！有了！有一家大户人家，他家有一口能煮三斗米的大锅，值大价钱哪！院里还有一口大钟，要是砸碎了，起码能做五十个茶炉。怎么，你以为我撒谎？……"

"混蛋透顶！"头儿呵斥道，"你小子三句话不离本行，哪有只去看饭锅和吊钟的贼？喂，你手里拎那口破锅干什么？"

"这是我路过一家门口时，看它挂在桧树篱笆上，锅底有个窟窿。我忘了自己是贼，告诉那家媳妇说，拿20元钱就能给她修好。"

"真是个糊涂虫，你根本就没把我们这行买卖装进脑子里！"

盗贼头儿就这样把徒弟教训了一顿，然后命令道："你再到村里转转，好好看一看！"

釜右卫门提着那口破锅，返回村去。

这时，徒弟海老之丞回来了。直到昨天，他还是一个锁匠，专门给人家修锁。

"头儿，这个村子不行啊！"海老之丞有气无力地说，"无论是仓库，还是门上挂的锁都不像个样子，连小孩都能把它们扭开。照此看来，我们的买卖恐怕没有希望了。"

"什么买卖没希望了？"

"嘿，修锁呀！"

"你小子也本性难改！就是这样的村子我们的买卖才好干。门锁越不结实，我们下手岂不是越方便吗？糊涂虫，再去一趟看看！"

接着回来的是少年角兵卫。他是从越户地区来的耍狮子的艺人。直到昨天，他还靠在人家门外表演倒立或翻筋斗赚钱糊口。

角兵卫边吹笛子边走，头儿在草丛深处还没看到他的影儿，就知道他回来了。

"你怎么总是吱吱地吹笛子？当盗贼是应该尽量不出声的。"头儿责备说，"你小子看到什么了？"

"我顺着河往前走，看到一所小房子，满院子菖蒲花。房檐下有一个须发、眉毛全白的老头儿。"

"嗯，那老头儿装钱的小罐子很可能是藏在房子石台的下面。"盗贼头儿判断说。

"那老爷子正吹着笛子。那笛子虽然粗陋，声音却好听极了。

那美妙的笛声，我还是头一次听到呢！老爷爷看到我爱听，便笑眯眯地连吹了三支长曲子。作为答谢，我给老人家连续翻了七个筋斗。"

"你真啰唆！"头儿不耐烦地说，"那后来呢？"

"我跟他说那笛子真好，老爷爷指给我看一片竹林子，说这笛子就是用那地方的竹子做的。我到那地方一看，嘀，数百根竹子发出沙沙的响声……"

"曾听说竹子里出现过金子的光亮，怎么样，你看到没有？"

"我顺着河往下走，看到一座小尼姑庙，庙里站满了人，正在举行浇花庙会，人们往小小的释迦牟尼佛像上倒甘茶水。我也倒了一杯，又喝了一杯。要是有茶碗，我会给你也捎来一杯的。"

"唠唠叨叨的，真是没用。在那样乱哄哄的人群里，你应好好瞅瞅别人的衣兜。笨猪崽子，你也再去一趟！"

最后回来的是鲍太郎。他是从江户地区来的木匠的儿子。直到昨天，他还在巡视寺院和神社的门窗，一心想学木匠的手艺。

"你这小子，大概也没看见什么正经东西吧？"

"不，我看到财主了，财主……"鲍太郎激动地说。

听到"财主"二字，头儿立刻露出笑脸："噢，财主？"

"财主，财主！是很阔气的财主！"

"嗯！"

"进到客厅，我往天花板一看，是九州杉木做的，我家的老父亲要是看到这个，不知该有多高兴。我简直看直眼了……"

说到这，鲍太郎猛然想起自己是盗贼，身为盗贼，怎能说这些没有出息的话！他不禁惭愧地低下了头，不等头儿吩咐，便转身又回去了。

"啰唆！啰唆！"只剩下头儿一个人，他老脸朝天，仰身躺在草丛里，自言自语道，"当盗贼头儿也不是个轻松的事呀！"

忽然，"小偷！""小偷！""小偷！""快抓起来！"一大群孩子互相喊叫着跑过来。

盗贼头儿猛地站起身，一时竟不知如何是好。虽说明知是孩子们在喊叫，但他做贼心虚，不免心惊肉跳，是跳进河里逃到对岸，还是钻进草窝里藏起来呢？

孩子们轮着玩抓盗贼的游戏，一会儿又像一阵风似的跑过去了。

"怎么回事？是小孩子闹着玩儿！"盗贼头儿松了口气，"虽然是玩儿，但抓盗贼的游戏，可不是什么好游戏。唉，现在的孩子，不干正经事儿。"

盗贼头儿正自言自语地抱怨着，忽听背后有人喊："伯伯！"他回头一看，一个七岁左右的可爱的小男孩牵着牛犊站在面前。看那白嫩嫩的脸蛋和干干净净的手脚，他绝不是个普通人家的孩子，可能是哪家财主的孩子跟伙计到野外来玩的。奇怪的是，这孩子像出远门一样，一双小脚上穿着新新的小草鞋。

"伯伯，这牛请您先给我牵一会儿……"说着，他把红牵绳塞到盗贼头儿手里。盗贼头儿动动嘴唇，正想说点什么，小男孩已去追赶那些远去的孩子们，连头也没回地跑了。

盗贼头儿手里牵着绳子，眼睛望着牛犊，扑哧一声笑了。牛犊子通常是乱蹦乱跳、难以对付的，可是这个牛犊子却出奇地老实，它眨巴着湿润的大眼睛，站在盗贼头儿身边。

"咻咻！"盗贼头儿的笑声一个劲儿地从肚子里往外顶，"啊，真可笑！眼泪都笑出来了……"

可是，盗贼头儿的眼泪却流个不停。

"我这是怎么了？怎么像是哭了一样？"

是的，盗贼头儿确实哭了，但这是快乐的缘故。多年来，他一直被人冷眼相看。走到街上，人们都离他远远的，把门窗关得紧紧的。想打声招呼，人们也会突然收起笑脸，把头转向另一边，就连江湖艺人耍的猴子也不肯搭理他，把他好意送的柿子扔到地上。今天，这个穿草鞋的孩子，却把他当作好人，要他代为照看牛犊，而且连这牛犊也不嫌恶他，把他当作母牛似的贴近。作为盗贼，他还是第一次被别人如此看待！能被别人信任，真是一件值得高兴的事呀！

现在，头儿觉得自己善良的心似乎复苏了。童年时代，他也有过美好善良的童心。可是后来，他的心变坏了。今天，他终于又见到了久别的善良和信任。这就好像每天穿惯了脏衣服，今天突然换上庆典仪式上的盛装,他感到幸福极了!

顷刻间,天色已晚。松蝉也不鸣叫了,村中升起的白色炊烟向野外飘来。孩子们的嬉戏声也渐渐模糊不清了。头儿想,那男孩该回来了。可是,直到孩子们的声音完全消逝后,仍然不见穿草鞋的小男孩回来。

一轮圆月升起,像一面明亮的镜子照耀着大地。远处的森林,不时传来猫头鹰的叫声。

牛犊子向头儿身边蹭来,莫非是饿了?"但是,真没法子,我身上也挤不出奶来呀!"他抚摩着牛犊带有花斑的后背,流下了眼泪。

这时,四个徒弟一起回来了。

"头儿,我回来了!哎呀,牛犊子!哈哈,我们的头儿真有两下子,就这么一会儿工夫,已经做成一笔买卖了!"釜右卫门盯着牛犊子,惊喜地嚷道。

头儿怕徒弟们看到他的泪水,忙把脸转到一边。

"哎呀,头儿!你怎么流泪了?"海老之丞问。

"这个……眼泪这东西,流起来就没完……"头儿说着,用袖子擦了擦眼睛。

"听好吧,头儿!我们四个人这次可是用盗贼的眼睛看准了。釜右卫门发现五家有金茶锅。海老之丞看好了五家仓库的锁,用根弯钉就能打开。我这个木匠,也摸清五家房后的板壁很容易锯开。

角兵卫也不孬,发现五家的围墙,穿高底木头鞋就能跳进去。头儿,这回该表扬我们了吧?"

鲍太郎神气十足地说着,不料头儿却答非所问:

"这牛犊是一个孩子要我替他照看的,可是到现在他还没来领。你们出去看看,能不能把那孩子找回来。"

"头儿,你要把牛犊送回去?"釜右卫门有些纳闷儿。

"对,是这么回事!"

"盗贼也干这种事情吗?"

"那是有缘由的,无论如何也得送还。"

"头儿,别忘了我们盗贼的本性啊!"鲍太郎说。

头儿苦笑着把事情的原委讲了一番。徒弟们终于领会了他的意思,同意去找那个孩子。他们边走边默念着:

"穿草鞋的、可爱的、七岁左右的男孩。"

在月色笼罩的村子里,影影绰绰可以看见野蔷薇和山楂树的白花,五个盗贼牵着一头牛犊走着。他们走过路旁的佛堂,走过柿子树下的库房,到处打听、寻找着。村民有的点上手提灯,仔细照了照小牛犊,都说从未见过。

"头儿,深更半夜了,还这样找下去,恐怕是没有用了,拉倒吧!"锁匠海老之丞疲倦地坐在路旁的石头上说。

"不,无论如何也得找,非还给那个孩子不可!"头儿说。

"没办法了，除非是到村公务员那儿去问问，可是头儿，你绝不会到那里去吧？"釜右卫门说。按现在的说法，村公务员就是驻在该村的保安人员。

　　"嗯，是吗？"头儿沉思了一会儿，抚摸着小牛犊的头说，"好，就去那儿吧！"徒弟们很吃惊，但也只好跟在后面。

　　打听到村公务员家，盗贼们发现，公务员是一位戴眼镜的老人，他那副老花镜都快要从鼻梁上掉下来了。几个徒弟这才放心了，心想：照这样看，如果出什么问题，把老头推倒撒腿就跑，也来得及。

　　头儿说明了来意后，老人把五个人的脸都打量了一番。

　　"你们五个人我怎么从未见过呢？是从哪儿来的呀？"老人问，"是不是盗贼？"

　　"不，怎么能说些没影的话？我们是走江湖的手艺人，造锅匠、木匠和修锁匠……"头儿慌忙回答。

　　"嗯，你们不是盗贼！盗贼是不会送还东西的！实在对不起了，你们一片好心把牛犊送到这儿来，我还说些怪话。真是当官差当惯了，养成了怀疑人的坏毛病，只要看到生疏的人，就怀疑他是骗子、掏包的。好吧，千万不要见怪！"

　　老人解释了一番，再次向他们道歉，把牛犊收下，叫仆人把它送到仓库那边去。

　　"走江湖都累了吧？我刚才从西边公馆太郎先生那儿弄来一瓶

好酒，本想房檐下赏月时喝，你们来了正好，咱们一起喝，交个朋友怎么样？"这位善心老人说着，把五个盗贼领到房檐下的走廊上。

夜色中，五个盗贼和公务员一起开怀畅饮，就像有十多年交情的老朋友那样有说有笑。忽然，盗贼头儿鼻子一酸，眼睛又湿润了。

看到这情景，老人说："我看你是爱哭的能手，我可是爱笑的能人，看到有人哭，就格外想笑，你可不要见怪！"说着，他张嘴笑起来。

"唉！眼泪实在是止不住地往外流啊！"头儿眨巴着眼睛说。

最后，五个盗贼起身向老人道谢一番，告辞了。走到路旁的柿子树下，头儿好像又想起什么似的停住了脚。鲍太郎问：

"头儿，你忘了什么东西吗？"

"嗯，忘东西了，你们和我一起再回去一趟。"说完，头儿领着徒弟们又回到公务员家。

"老先生！"头儿手扶着房檐下面的台子说。

老人笑着问：

"怎么啦？显出一脸难过的样子，要把爱哭的秘密告诉我吗？哈哈……"

"老先生，我不能不跟您说实话，我们这些人都是盗贼。"

老人听了这话，吃惊地瞪大了眼睛。

"老先生，您惊讶是有道理的，我本来不想把实情告诉您，可是您老人家是好心人，看到您把我们当正派人看待，我就没法欺骗您老人家了。"

盗贼头儿把自己过去干的坏事全都坦白了，最后请求说：

"他们四人是昨天刚刚入伙成为我的徒弟的，还没做什么坏事，请您大发慈悲，饶恕他们吧！"

第二天早晨，锅匠、锁匠、木匠和小艺人都离开花木村，各奔他乡了。

导读

　　新美南吉（1913—1943），日本儿童文学作家，主要作品有《毛毯和钵之子》《爷爷和玻璃罩煤油灯》等。新美南吉的儿童文学作品，非常强调故事性，起承转合，曲折有致。他曾说过："应该想到童话的读者是谁。既然读者是小孩而不是文学青年，那么今日的童话就应努力回归到故事性上来。"

　　《盗贼来到花木村》写了五个盗贼洗心革面的过程。新美南吉在五个强盗身上融入了孩子似的天真和质朴，然而，他在轻松愉悦之外又增加了温情的、令人心酸的成分——强盗一旦重新被人们信任，就会被唤醒童年时代存留的童心，就会因为找回久别的善良而流下幸福的眼泪。作者对人性的挖掘使得这篇童话除了散发着亲切与温和外，更令人感动和深思。本文笔触清新，阅读它就像是倾听来自童年山谷的回声，是久违了的质朴淡雅。

落红萧萧为哪般

迟子建 著

  萧红出生时,呼兰河水是清的。月亮喜欢把垂下的长发,轻轻浸在河里,洗濯它一路走来惹上的尘埃。于是我们在萧红的作品中,看到了呼兰河上摇曳的月光。那样的月光即使沉重,也带着股芬芳之气。萧红在香港辞世时,呼兰河水仍是清的。由于被日军占领,香港市面上骨灰盒紧缺,端木蕻良不得不去一家古玩店,买了一对素雅的花瓶,替代骨灰盒。这个无奈之举,在我看来,是冥冥之中萧红的暗中诉求。因为萧红是一朵盛开了半世的玫瑰,她的灵骨是花泥,回归花瓶,适得其所。
  香港沦陷,为安全计,端木蕻良将萧红的骨灰分装在两只花瓶中:一只埋在浅水湾,如戴望舒所言,卧听着"海涛闲话";另一只埋在战时临时医院,也就是如今的圣士提反女子中学的一棵树下,仰看着花开花落。

我三月来到香港大学做驻校作家时，北国还是一片苍茫。看惯了白雪，陡然间满目绿色，还有点不适应。我用晚饭后漫长的散步，来融入异乡的春天。

从我暂住的寓所，向南行五六分钟吧，可看到一个小山坡。来港后的次日黄昏，我无意中散步到此，见到围栏上悬挂的金字匾额是"圣士提反女子中学"时，心下一惊：难道这就是萧红另一半骨灰的埋葬地？难道不期然间，我已与她相逢？

我没有猜错，萧红就在那里。

萧红一九一一年出生在呼兰河畔，旧中国的苦难和她个人情感生活的波折，让她饱尝艰辛，一生颠沛流离，可她的笔却始终饱蘸深情，气贯长虹。萧红留下了两部传世之作《生死场》和《呼兰河传》，前者由鲁迅作序，后者则是茅盾作序。而《生死场》的原名叫《麦场》，标题是胡风为其改的。可以说，萧红踏上文坛，与这些泰斗级人物的提携和激赏是分不开的。不过，萧红本来就是一片广袤而葳蕤的原野，只需那么一点点光，一点点清风，就可以把她照亮，就可以把她满腹的清香吹拂出来。

萧红在情感生活上既幸运又不幸。幸运的是爱慕她的人很多，她也曾有过欢欣和愉悦；不幸的是真正疼她的人很少。她两度生产，第一个因无力抚养，生下后就送了人；而在重庆生下第二个孩子时，萧红身边，却没有相伴的爱人，孩子出生不久即夭折。婚姻和生育，于别人是甜蜜和幸福，可对萧红来说，却总是痛苦和悲凉！难怪她的作品，总有一缕摆不脱的忧伤。

萧红与萧军在东北相恋，在西安分手。萧军移情别恋，使萧红心灰意冷，她东渡日本。那期间，她的作品并不多，有影响的，应该是短篇小说《牛车上》。赴日期间，鲁迅病逝，这使内心灰暗的她，更失却了一分光明。萧红才情的爆发，恰恰是她在香港的时候，那也是她生命中的最后岁月。《呼兰河传》无疑是萧红的绝唱，茅盾称它为"一幅多彩的风景画，一串凄婉的歌谣"，可谓一语中的。她用这部小说，把故园中春时的花朵和蝴蝶，夏时的火烧云和虫鸣，秋天的月光和寒霜，冬天的飞雪和麻雀，连同那些苦难辛酸而又不乏优美清丽的人间故事，用一根精巧的绣花针，疏朗有致地绣在一起，为中国现代文学打造了一个独一无二的"后花园"，生机盎然，经久不衰。

萧军、端木蕻良和骆宾基，这几个与萧红的情感生活紧密相连的男人，在萧红故去后，彼此责备。萧红身处绝境，一盏灯即将耗掉灯油之际，竟天真地幻想着尚武的萧军，能够像天外来客一样飞到香港，让她脱离苦海。萧红临终前写下的"半生尽遭白眼冷遇……身先死，不甘，不甘！"可以说是她对自己凄凉遭遇的血泪控诉！事实是，萧红去了，但她的作品留下来了，她用作品获得了永恒的青春！

我想起了多年以前,追逐着萧红足迹的美国著名汉学家葛浩文,对我讲起他当面指责端木蕻良辜负了萧红时,端木突然痛哭失声。我想无论是葛浩文还是我们这些萧红的读者,听到这样的哭声,都会报之以同情和理解。毕竟,那一代人的情感纠葛,爱与痛,欢欣与悲苦,只有他们自己最清楚。端木蕻良能够在风烛残年写作《曹雪芹》,也许与萧红的那句遗言不无关系:"我将与蓝天碧水永处,留下那半部《红楼》,给别人写了。"而且,按照端木蕻良的遗嘱,他的另一半骨灰,由夫人钟耀群带到了香港,埋葬在圣士提反女校的树丛中,默默地陪伴着萧红。只是岁月沧桑,萧红那一抔灵骨的确切埋葬地,没人说得清了。只知道她还在那个园子里,在花间树下,在落潮声里。

萧红在浅水湾的墓,已经迁移到广州银河公墓,而她在呼兰河畔的墓,埋的不过是端木蕻良珍存下来的她的一缕青丝而已。一个人的青丝,若附着在人体之上,岁月的霜雪和枯竭的心血,会将它逐渐染白;而脱离了人体的青丝,不管经历怎样的凄风苦雨,依然会像婴孩的眼睛一样,乌黑闪亮。

圣士提反女子中学规模不大,但历史悠久,据说范徐丽泰和吴君如就毕业自这里。它管理极严,平素总是大门紧锁。有一天放学时分,趁学生们出来的一瞬,我混进门里。然而一进去,就被眼尖的门房发现,她将我拦住。我向她申明来意,她和善地告诉我,萧

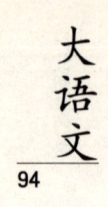

红的灵骨确实在园内，只是具体方位他们也不知道。如果我想进园凭吊，需要与校方沟通。她取来一张便条，把联系人的电话给了我。我怅惘地出园的一瞬，忽闻一阵琴声。循声而望，那座古朴的米黄色小楼的二层，正有一位梳短发的女孩，倾着身子，动情地拉着小提琴。窗里的琴声和窗外的鸟鸣呼应着，让我分不清鸟鸣是因琴声而起呢，还是琴声因鸟鸣才如泣如诉。

我没有拨那个电话。在我想来，既然萧红就在园内，我可以在与她一栏之隔的城西公园与她默然相望。圣士提反，是首位为基督教殉难的教徒，他是被异教徒用石块砸死的。以他的名字命名的女校，有一股说不出的悲壮，更有一股说不出的圣洁。其实萧红也是一个虔诚的教徒，只不过她信奉的教是文学，并且也是为它而殉难。她在文学史上的光华，与圣士提反在基督教历史上的光华一样，永远不会泯灭。

清明节的那天，香港烟雨蒙蒙。黄昏时分，我启开一瓶红酒，提着它去圣士提反女子中学，祭奠萧红。我本想带一束鲜花的，可萧红在园内四季有鲜花可赏，那红的扶桑和石榴、紫色的三角梅和白色的百合，都在如火如荼地盛开着。萧红是黑龙江人，那里的严寒和长夜，使她跟当地人一样，喜欢饮酒吸烟。我多想洒一瓶呼兰河畔生产的白酒给她呀，可是遍寻附近的超市，没有买到故乡的酒。我只能以我偏爱的红酒来代替了。

复活节连着清明，香港的市民都在休长假，圣士提反女校静悄悄的。我在列堤顿道，隔着栏杆，搜寻园内可以洒酒的树。校园里的矮株植物，有叶片黄绿相间的蒲葵，有油绿的鱼尾葵，还有刚打了骨朵的米子兰。我把它们轻轻掠过，因为它们显然年轻，而萧红已经去世七十多年了。最终，我选择了两棵大树，它们看上去年过百岁，而且与栏杆相距半米，适合我洒酒。一株是高大的石榴树，一棵则是冠盖入云、枝干遒劲的榕树。铁栏杆的缝隙，刚好容我伸进手臂。我举着红酒，慢慢将它送进去，默念着萧红的名字，一半洒在石榴树下，另一半洒在树身如水泥浇筑的大榕树下。红酒渐渐流向树根，渗透到泥土之中。它留下的妖娆的暗红的湿痕，仿佛月亮中桂树的影子，隐隐约约，迷迷离离。

洒完红酒，我来到圣士提反女校旁的城西公园。一对黑色的有金黄斑点的蝴蝶，在棕榈树间相互追逐，它们看上去是那么快乐；而六角亭下的石凳上，坐着一个肤色黝黑的女孩，她举着小镜子，静静地涂着口红。也许，她正要赶赴一场重要的约会。如今的香港，再不像萧红所在之时那般碧海蓝天了，从我居所望见的维多利亚港和它背后的远山，十有七八是被浓重的烟霾笼罩着。大海这只明净的眼，仿佛患上了白内障。而圣士提反女校周围，亦被幢幢高楼挤压着。萧红安息之处，也就成了繁华喧闹都市中深藏的一块碧玉。不过，这里还是有她喜欢的蝴蝶，有花朵，有不知名的鸟儿来夜夜歌唱。作为黑龙江人，我们一直热切盼望着能把萧红在广州的墓，迁回故乡，可是如今的呼兰河几近干涸，再无清澈可言，你看不到水面的好月光，更看不到放河灯的情景了。我想萧红一生历经风寒，她的灵骨能留在温暖之地，落地生根，于花城看花，在香港与拉琴的女生和涂红唇的少女为邻，也是幸事。更何况，萧红临终有言，她最想埋葬在鲁迅先生的身旁。

走出城西公园，我踏上了圣士提反女校外的另一条路——柏道。暮色渐深，清明离我们也就越来越远了。走着走着，我忽然感觉头顶被什么轻抚了一下，跟着，一样东西飘落在地。原来从女校花园栏杆顶端自由伸出的扶桑枝条，送下来一朵扶桑花。没有风，也没有鸟的蹬踏，但看那朵艳红的扶桑，正在盛时，没有理由凋零。我不知道，它为何而落。可是又何必探究一朵花垂落的缘由呢！我拾起那朵柔软而浓艳的扶桑，带回寓所，放在枕畔，和它一起做星星梦。

导读

迟子建（1964— ），生于黑龙江省漠河县。主要作品有长篇小说《额尔古纳河右岸》《群山之巅》，小说集《北极村童话》《雾月牛栏》，散文随笔集《伤怀之美》《我的世界下雪了》等。曾获第一届、第二届、第四届鲁迅文学奖和第七届茅盾文学奖等奖项。

在《落红萧萧为哪般》这篇散文中，迟子建用饱蘸深情的笔触，以轻灵柔美的文风，追忆和缅怀一代才女萧红。

题目中"落红萧萧"既暗含了萧红的名字，又包含了对萧红这朵盛开了半世的玫瑰英年早逝的痛惜之情。"为哪般"的追问，让作品的笔触伸向不同时空里的人与事，萧红的生平事迹、情感生活和文学成就在行文中渐渐明朗和丰盈起来。

迟子建用富有灵性的抒情文笔，从萧红出生时写起，"萧红出生时，呼兰河水是清的"。月光如垂下的长发，在呼兰河上摇曳。萧红在香港时，"呼兰河水仍是清的"，但萧红却凄然离世，骨灰被分装在两只花瓶里，无尽的凄美和苍凉。但对于半生漂泊、追求爱却又尝尽了爱的痛楚的萧红来说，灵骨化花泥，也算是对其灵魂的告慰，况且，还可以卧听"海涛闲话"，仰看"花开花落"。或许，对萧红来说，最大的告慰莫过于她创作的文学作品获得了永恒的青春。经过了时间的大浪淘沙，萧红的文字，得到了读者、评论家和文学史的认可和好评，成为文学世界里一个独一无二的"后花园"，生机盎然，滋养着一代代读者和作家。

　　迟子建是一位充满浪漫主义情怀又立足于深厚现实生活的优秀的女作家，萧红的作品对她的影响是不言而喻的。迟子建满怀着对萧红的仰慕和珍爱之情，凭吊萧红，拾起一朵飘落的扶桑花，把那朵柔软而浓艳的扶桑，放在枕畔，和它一起做星星梦。那凄美而清纯的梦，是迟子建的，也是萧红的。

大语文 记住回家的路

人文到底给予了我们什么？回顾人类的发展历程，由混沌到文明，由弱小到健硕，是科学精神与人文精神相互交融，共同照亮了人类前进的道路。本单元各篇文章的主题或有不一，却都反映了作者渊博的知识、动人的情感，以及可贵的人文情怀。路曼曼其修远兮，吾将上下而求索。

记住回家的路[1]

周国平 著

生活在今日的世界上，心灵的宁静不易得。这个世界既充满着机会，也充满着压力。机会诱惑人去尝试，压力逼迫人去奋斗，都使人静不下心来。我不主张年轻人拒绝任何机会，逃避一切压力，以闭关自守的姿态面对世界。年轻的心灵本不该静如止水，波澜不起。世界是属于年轻人的，趁着年轻到广阔的世界上去闯荡一番，原是人生必要的经历。所须防止的只是，把自己完全交给了机会和压力去支配，在世界上风风火火或浑浑噩噩，迷失了回家的路途。

每到一个陌生的城市，我的习惯是随便走走，好奇心驱使我去探寻这里的热闹的街巷和冷僻的角落。在这途中，难免暂时地迷路，但心中一定要有把握，自信能记起回住处的路线，否则便会感觉不踏实。我想，人生也是如此。你不妨在世界上闯荡，去建功创业，去探险猎奇，去觅情求爱，可是，你一定不要忘记了回家的路。这

---

[1]选自《周国平哲理美文》，广东人民出版社，1999年版。

个家，就是你的自我，你自己的心灵世界。

　　寻求心灵的宁静，前提是首先要有一个心灵。在理论上，人人都有一个心灵，但事实上却不尽然。有一些人，他们永远被外界的力量左右着，永远生活在喧闹的外部世界里，未尝有真正的内心生活。对于这样的人，心灵的宁静就无从谈起。一个人唯有关注心灵，才会因为心灵被扰乱而不安，才会有寻求心灵的宁静之需要。所以，具有过内心生活的禀赋，或者养成这样的习惯，这是最重要的。有此禀赋或习惯的人都知道，其实内心生活与外部生活并非互相排斥，同一个人完全可能在两方面都十分丰富。区别在于，注重内心生活的人善于把外部生活的收获变成心灵的财富，缺乏此种禀赋或习惯的人则往往会迷失在外部生活中，人整个儿是散的。自我是一个中心点，一个人有了坚实的自我，他在这个世界上便有了精神的坐标，无论走多远都能够找到回家的路。换一个比方，我们不妨说，一个有着坚实的自我的人便仿佛有了一个精神的密友，他无论走到哪里都带着这个密友，这个密友将忠实地分享他的一切遭遇，倾听他的一切心语。

　　如果一个人有自己的心灵追求，又在世界上闯荡了一番，有了相当的人生阅历，那么，他就会逐渐认识到自己在这个世界上的位置。世界无限广阔，诱惑永无止境，然而，属于每一个人的现实可能性终究是有限的。你不妨对一切可能性保持着开放的心态，因为那是人生魅力的源泉，但同时你也要早一些在世界之海上抛下自己的锚，找到最适合自己的领域。一个人不论伟大还是平凡，只要他顺应自己的天性，找到自己真正喜欢做的事，并且一心把自己喜欢做的事做得尽善尽美，他在这世界上就有了牢不可破的家园。于是，他不但会有足够的勇气去承受外界的压力，而且会有足够的清醒来面对形形色色的机会的诱惑。我们当然没有理由怀疑，这样的一个人必能获得生活的充实和心灵的宁静。

导读

周国平（1945—　），上海人，著有学术专著《尼采：在世纪的转折点上》《尼采与形而上学》，随感集《人与永恒》，诗集《忧伤的情欲》，纪实作品《妞妞——一个父亲的札记》，散文集《守望的距离》，自传《岁月与性情》等。

周国平的文章短小精悍，哲思隽永，往往说人之未说，道人之未道，在短短的一篇文章里让你得到某些心灵的启迪。现代社会的节奏之快速使人变成了陀螺，我们每天都被或长或短或粗或细的绳子抽打转动，无论身份是显贵还是卑微，都有使你团团转的中心，而疲惫地无暇顾及其他。因此，周国平的"记住回家的路"有两层意思。一是人活在世上，总要踏入社会。这是一种走出家门，而回家就是回到每个人的自我，回到每个人的内心生活。一个人倘若只有外在的生活而没有内心生活，他最多只算是活得热闹或者忙碌罢了，却不可能活得充实。二是如果将人生看作一次旅行，那么，只要活着，我们就总是行进在旅途上。人在旅途，怎能没有乡愁？乡愁使我们追思世界的本原、人生的终极和灵魂的永恒故乡。周国平用温润如水的文字抚慰着你的心灵，在你耳边轻诉，在这个物质主义的时代，你不妨在世界上闯荡，去探险猎奇，去觅情求爱，可是，

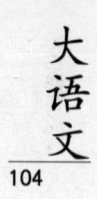

你一定不要忘记了回家的路。记住回家的路,永远不要放弃这片温馨的后花园,不要让诱惑和压力打扰到它的宁静。只要能够坚持内心的淡泊,无论行走多远都能时时返还自己的家和世界。

中国文化的美丽精神往哪里去[1]

宗白华 著

印度诗哲泰戈尔在国际大学中国学院的小册里曾说过这几句话：

世界上还有什么事情是比中国文化的美丽精神更宝贵的？中国文化使人民喜爱现实世界，爱护备至，却又不致现实得不近情理！中国人已本能地找到了事物的旋律的秘密，不是科学权力的秘密，而是表现方法的秘密。这是极其伟大的一种天赋，只有上帝知道这种秘密。我实妒忌他们有此天赋，并愿我们的同胞亦能共享此秘密。

泰戈尔这几句话里包含着极精深的观察与意见，值得我们细加考察。

先谈"中国人已本能地找到了事物的旋律的秘密"。东西古代哲人都曾仰观、俯察、探求宇宙的秘密。但希腊及西洋近代哲人倾

---

[1] 选自《天光云影》，北京大学出版社，2005年版。

向于拿逻辑的推理、数学的演绎、物理学的考察去把握宇宙间质力推移的规律，一方面满足我们理智了解的需要，一方面导引西洋人，去控制物力，发明机械，利用厚生。西洋思想最后所获得的是科学权力的秘密。

中国古代哲人却是拿"默而识之"的观照态度去体验宇宙间生生不已的节奏。泰戈尔所谓"旋律的秘密"，《论语》上载：

子曰："予欲无言。"子贡曰："子如不言，则小子何述焉？"子曰："天何言哉？四时行焉，百物生焉，天何言哉？"

四时的运行，生育万物，对我们展示着天地创造性的旋律的秘密。一切在此中生长流动，具有节奏与和谐。古人拿音乐里的五声配合四时五行，拿十二律分配于十二月（《汉书·律历志》），使我们一岁中的生活融化在音乐的节奏中，从容不迫而感到内部有意义，有价值，充实而美，不像现在大都市的居民灵魂里，孤独空虚。难怪英国诗人艾略特有"荒原"的慨叹。

不但孔子，老子也从他高超严冷的眼里观照着世界的旋律。他说："致虚极，守静笃，万物并作，吾以观复。"活泼的庄子也说他"静而与阴同德，动而与阳同波"，他把他的精神生命体合于自然的旋律。孟子说他能"上下与天地同流"。荀子歌颂着天地的节奏：

列星随旋,日月递炤,四时代御,阴阳大化。风雨博施,万物各得其和以生,各得其养以成。

我们不必多引了,我们已见到了中国古代哲人是"本能地找到了事物的旋律的秘密",而且把这获得的至宝,渗透进我们的现实生活,使我们生活表现在礼与乐里,创造社会的秩序与和谐。我们又把这旋律装饰到我们的日用器皿上,使形下之器启示着形上之道(即生命的旋律)。中国古代艺术特色表现在它所创造的各种图案花纹里,而中国最光荣的绘画艺术也还是从商周铜器图案、汉代砖瓦花纹里脱胎出来的呢!

"中国文化使人民喜爱现实世界,爱护备至,却又不致现实得不近情理!"我们在新石器时代从我们的日用器皿制出玉器,作为我们政治上、社会上及精神人格上美丽的象征物。我们在铜器时代也把我们的日用器皿,如烹饪的鼎、饮酒的爵等等,制造精美,竭尽当时的艺术技能。它们成了天地境界的象征。我们对现实的器具,赋予崇高的意义、优美的形式,使它们不仅仅是我们役使的工具,而是可以同我们对话、同我们情思往还的艺术。后来我们发展了瓷器(西人称我们是瓷国),瓷器就是玉的精神的承续与光大,使我们在日常现实生活中能充满着玉的美。

但我们也曾得到过科学权力的秘密。我们有两大发明:火药同指南针。这两项发明到了西洋人手里，就成了他们控制世界的权力——陆上霸权与海上霸权，中国自己倒成了这霸权的牺牲品。我们发明了火药，用来创造奇巧美丽的烟火和鞭炮，使我一般民众在一年劳苦休息的时候，新年及春节里，享受平民式的欢乐。我们发明指南针，并不曾向海上取霸权，却让风水先生勘定我们庙堂、居宅及坟墓的地位和方向，使我们生活中顶重要的"住"，能够选择优美适当的自然环境，"居之安，则资之深"。我们到郊外，看那山环水抱的亭台楼阁，如入图画。中国建筑能与自然背景取得最完美的调协，而且用高耸入天际的层楼飞檐及环拱柱廊、栏杆台阶的虚实节奏，昭示出这一片山水里潜流的旋律。

漆器也是我们极早的发明，使我们的日用器皿生光辉，有情韵。最近沈福文君引用古代各时期图案花纹到他设计的漆器里，使我们再能有美丽的器皿点缀我们的生活，这是值得兴奋的事。但是要能有大量的价廉的生产，使一般人民都能在日常生活中时时接触趣味高超、形制优美的物质环境，这才是一个民族的文化水平的尺度。

中国民族很早发现了宇宙旋律及生命节奏的秘密，以和平的音乐的心境爱护现实、美化现实，因而轻视了科学工艺征服自然的权力。这使我们不能解救贫弱的地位，在生存竞争剧烈的时代，受人侵略，受人欺侮，文化的美丽精神也不能长保了，灵魂里粗野了，卑鄙了，怯懦了，我们也现实得不近情理了。我们丧尽了生活里旋律的美（盲动而无秩序）、音乐的境界（人与人之间充满了猜忌、斗争）。一个最尊重乐教、最了解音乐价值的民族没有了音乐。这就是说没有了国魂，没有了构成生命意义、文化意义的高等价值。中国精神应该往哪里去？

近代西洋人把握科学权力的秘密（最近如原子能的秘密），征服了自然，征服了科学落后的民族，但不肯体会人类全体共同生活的旋律美，不肯"参天地，赞化育"，提携全世界的生命，演奏壮丽的交响乐，感谢造化宣示给我们的创化机密，而以厮杀之声暴露人性的丑恶，西洋精神又要往哪里去？哪里去？这都是引起我们惆怅、深思的问题。

导读

宗白华（1897—1986），江苏常熟人，中国现代美学家、哲学家、诗人。宗白华是我国现代美学的先行者和开拓者，他把中国艺术精神的重要特色归结为"充实"与"空灵"、"有限"与"无限"的统一，他对中国魏晋玄学中的美学思想给予了特殊的注意，还着重研究了中国艺术中的意境和空间意识等问题，被誉为"融贯中西艺术理论的一代美学大师"。他的代表作有美学论文集《美学散步》《艺境》等。

本文缘起印度诗哲泰戈尔对"中国文化的美丽精神"的惊叹，据此，宗白华先生于1946年写了《中国文化的美丽精神往哪里去》。在文中他提出，东西方古代哲人都曾仰观、俯察、孜孜探求宇宙的奥秘，但中国古代哲人通过"默而识之"的观照态度，去体验宇宙间生生不息的节奏，与世界各大文化传统相比，注重天人关系，主张人与自然和谐统一、共同发展，是中国文化的显著特点。无论是孔子、老子，还是庄子、孟子，都讲究在澄心静虑中去观察宇宙的变化，中国先哲对自然的体认、赞美与和合，就是泰戈尔所说的"本能地找到了事物的旋律的秘密"。这种天人合一的"中国文化的美丽精神"，早已渗透到了中国古代文化的一切领域。天人合一，实际上是一种宏观的整体思维。它迥异于西方缜密、严谨、尚实证、重分析的逻辑思维。它更讲究直觉，讲究旋律美。因此，中国的哲学、中国人的思想和生活，都更似一门艺术，而中国人的生活方式也往往表现出浓厚的诗化色彩。可是，这么美好的文化精神，却在日益现代化的生存竞争剧烈的时代，没落了，粗野了，深爱这种文化的作者不禁为之惆怅。而这个问题也业已成为每一个中国人应该思考的问题。

粉　房

萧红 著

　　三间破草房是在院子的西南角上，这房子它单独跑得那么远，孤零零地、毛头毛脚地、歪歪斜斜地站在那里。

　　房顶的草上长着青苔，远看去，一片绿，很是好看。下了雨，房顶上就出蘑菇，人们就上房采蘑菇，就好像上山去采蘑菇一样，一采采了很多。这样出蘑菇的房顶实在是很少有，我家的房子共有三十来间，其余的都不会出蘑菇，所以住在那房里的人一提着筐子上房去采蘑菇，全院子的人没有不羡慕的，都说：

　　"这蘑菇是新鲜的，可不比那干蘑菇，若是杀一个小鸡炒上，那真好吃极了。"

　　"蘑菇炒豆腐，哎，真鲜！"

　　"雨后的蘑菇嫩过了仔鸡。"

　　"蘑菇炒鸡，吃蘑菇而不吃鸡。"

"蘑菇下面，吃汤而忘了面。"

"吃了这蘑菇，不忘了姓才怪的。"

"清蒸蘑菇加姜丝，能吃八碗小米子干饭。"

"你不要小看了这蘑菇，这是意外之财！"

同院住的那些羡慕的人，都恨自己为什么不住在那草房里。若早知道租了房子连蘑菇都一起租来了，就非租那房子不可。天下哪有这样的好事，租房子还带蘑菇的。于是感慨唏嘘，相叹不已。

再说那在房顶上正在采着的，在多少只眼目之中，真是一种光荣的工作。于是也就慢慢地采，本来一袋烟的工夫就可以采完，但是要延长到半顿饭的工夫。同时故意选了几个大的，从房顶上骄傲地抛下来，同时说：

"你们看吧，你们见过这样干净的蘑菇吗？除了这个房顶，哪个房顶能够长出这样的好蘑菇来？"

那在下面的，根本看不清房顶到底那蘑菇全都多大，以为一律是这样大的，于是就更增加了无限的惊异。赶快弯下腰去拾起来，拿到家里，晚饭的时候，卖豆腐的来，破费二百钱拣点豆腐，把蘑菇烧上。

可是那在房顶上的因为骄傲，忘记了那房顶有许多地方是不结实的，已经露了洞了，一不加小心就把脚掉下去了，把脚往外一拔，脚上的鞋子不见了。

鞋子从房顶落下去，一直就落在锅里，锅里正是翻开的滚水，鞋子就在滚水里边煮上了。锅边漏粉的人越看越有意思，越觉得好玩，那一只鞋子在开水里滚着，翻着，还从鞋底上滚下一些泥浆来，弄得漏下去的粉条都黄乎乎的了。可是他们还不把鞋子从锅里拿出来，他们说，反正这粉条是卖的，也不是自己吃。

这房顶虽然产蘑菇，但是不能够避雨，一下起雨来，全屋就像小水罐似的，摸摸这个是湿的，摸摸那个是湿的。

好在这里边住的都是些个粗人。

有一个歪鼻瞪眼的名叫"铁子"的孩子，他整天手里拿着一柄铁锹，在一个长槽子里边往下切着。切些个什么呢？初到这屋子里来的人是看不清的，因为热气腾腾的这屋里不知都在做些个什么。细一看，才能看出来他切的是马铃薯。槽子里都是马铃薯。

这草房是租给一家开粉房的。漏粉的人都是些粗人，没有好鞋袜，没有好行李，一个一个的和小猪差不多，住在这房子里边是很相当的，好房子让他们一住也怕是住坏了。何况每一下雨还有蘑菇吃。

这粉房里的人吃蘑菇，总是蘑菇和粉配在一道，蘑菇炒粉，蘑菇炖粉，蘑菇煮粉。没有汤的叫作"炒"，有汤的叫作"煮"，汤少一点的叫作"炖"。

他们做好了，常常还端着一大碗来送给祖父。等那歪鼻瞪眼的孩子一走了，祖父就说：

"这吃不得,若吃到有毒的就吃死了。"

但那粉房里的人,从来没吃死过,天天里边唱着歌,漏着粉。

粉房的门前搭了几丈高的架子,亮晶晶的白粉,好像瀑布似的挂在上边。

他们一边挂着粉,也是一边唱着的。等粉条晒干了,他们一边收着粉,也是一边唱着的。那唱不是从工作所得到的愉快,好像含着眼泪在笑似的。

逆来顺受,你说我的生命可惜,我自己却不在乎。你看着很危险,我却自己以为得意。不得意怎么样?人生是苦多乐少。

那粉房里的歌声,就像一朵红花开在了墙头上。越鲜明,就越觉得荒凉。

正月十五正月正,
家家户户挂红灯。
人家的丈夫团圆聚,
孟姜女的丈夫去修长城。

只要是一个晴天,粉丝一挂起来了,这歌声就听得见的。因为那破草房是在西南角上,所以那声音比较地来得辽远。偶尔也有装腔女人的音调在唱《五更天》。

那草房实在是不行了，每下一次大雨，那草房北头就要多加一只支柱，那支柱已经有七八只之多了，但是房子还是天天地往北边歪。越歪越厉害，我一看了就害怕，怕从那旁边一过，恰好那房子倒了下来，压在我身上。那房子实在是不像样子了，窗子本来是四方的，都歪斜得变成菱形的了。门也歪斜得关不上了。墙上的大柁就像要掉下来似的，向一边跳出来了。房脊上的正梁一天一天地往北走，已经拔了铆，脱离别人的牵掣，而它自己单独行动起来了。那些钉在房脊上的椽杆子，能够跟着它跑的，就跟着它一顺水地往北边跑下去了。不能够跟着它跑的，就挣断了钉子，而垂下头来，向着粉房里的人们的头垂下来，因为另一头是压在檐外，所以不能够掉下来，只是滴里郎当地垂着。

我有一次走进粉房去，想要看一看漏粉到底是怎样漏法。但是不敢细看，我很怕那椽子头掉下来打了我。

一刮起风来这房子就喳喳地山响，大柁响，房梁响，门框、窗框响。

一下了雨又是喳喳地响。

不刮风，不下雨，夜里也是会响的，因为夜深人静了，万物齐鸣，何况这本来就会响的房子，哪能不响呢？

它响得最厉害。别的东西的响，是因为倾心去听它，就是听得到的，也是极幽眇的，不十分可靠的。也许是因为一个人的耳鸣而引起来的错觉，比方猫、狗、虫子之类的响叫，那是它们是生物的缘故。

可曾有人听过夜里房子会叫的，谁家的房子会叫，叫得好像个活物似的，嚓嚓的，带着无限的重量，往往会把睡在这房子里的人叫醒。

被叫醒了的人，翻了一个身说：

"房子又走了。"

真是活神活现，听他说了这话，好像房子要搬了场似的。

房子都要搬场了，为什么睡在里边的人还不起来？他是不起来的，他翻了个身又睡了。

住在这里边的人，对于房子就要倒的这回事，毫不加戒心，好像他们已经有了血族的关系，是非常信靠的。

似乎这房一旦倒了，也不会压到他们，就算是压到了，也不会压死的，绝对没有生命的危险。这些人的过度的自信，不知从哪里来的，也许住在那房子里边的人都是用铁铸的，而不是肉长的。再不然就是他们都是敢死队，生命置之度外了。

若不然为什么这么勇敢，生死不怕？

若说他们是生死不怕，那也是不对的，比方那晒粉条的人，从杆子上往下摘粉条的时候，那杆子掉下来了，就吓他一哆嗦。粉条打碎了，他还没有被打着。他把粉条收起来，他还看着那杆子，他思索起来，他说：

"莫不是……"

他越想越奇怪，怎么粉条打碎了，而人没打着呢？他把那杆子扶了上去，远远地站在那里看着，用眼睛琢磨着，越琢磨越觉得可怕。

"哎呀！这要是落到头上呢。"

那真是不堪想象了。于是他摸着自己的头顶，他觉得万幸万幸，下回该加小心。

本来那杆子还没有房椽子那么粗，可是他一看见，就害怕，每次他再晒粉条的时候，他都是躲着那杆子，连在它旁边走也不敢走。他总是用眼睛瞄着它，过了很多日才算把这回事忘了。

若下雨打雷的时候，他就把灯灭了，他们说雷扑火，怕雷劈着。

他们过河的时候，抛两个铜板到河里去，传说河是馋的，常常淹死人的，把铜板一抛到河里，河神高兴了，就不会把他们淹死了。

这证明住在这嚓嚓响着的草房里的他们，也是很胆小的，也和一般人一样是颤颤惊惊地活在这世界上。

那么这房子既然要塌了，他们为什么不怕呢？

据卖馒头的老赵头说：

"他们要的就是这个要倒的呢！"

据粉房里的那个歪鼻歪眼的孩子说：

"这是住房子啊，又不是娶媳妇要她周周正正。"

据同院住的周家的两位少年绅士说：

"这房子对于他们那等粗人，就再合适也没有了。"

据我家的有二伯说：

"是他们贪图便宜，好房子呼兰城里有的多，为啥他们不搬家呢？好房子人家要房钱的呀，不像是咱们家这房子，一年送去十斤二十斤的干粉就完事，等于白住。你二伯是没有家眷，若不我也找这样房子去住。"

有二伯说的也许有点对。

祖父早就想拆了那座房子的，是因为他们几次的全体挽留才留下来的。

至于这个房子将来倒与不倒，或是发生什么幸与不幸，大家都以为这太远了，不必想了。

导读

萧红（1911—1942），黑龙江省呼兰县人，中国现代女作家。代表作品有《生死场》《呼兰河传》《小城三月》等。

1938年在《七月》杂志召开的座谈会上，萧红曾说："现在或者过去，作家们写作的出发点是对着人类的愚昧。"这体现了萧红深厚的悲悯情怀。《粉房》节选自长篇小说《呼兰河传》，这段文字在《呼兰河传》第四章的第二部分，本部分的第一句是"我家是荒凉的"，为后文定下了情感基调。

作者以童年视角讲述了"我家"大院里开粉房的房客的生活，语调舒缓，用孩子的眼睛打量穷苦人的生活，那里有苦乐，也有困惑。

房顶上长出蘑菇，这意外之财给开粉房的人带来很大的满足和快乐，但能长蘑菇的房顶却是有洞的，下雨的天，"全屋就像小水罐似的"。此处的描写，形象地说明粉房实在是太破旧了。虽然已经支了七八只支柱了，但是房子还是歪的。刮风下雨的时候，房子吱吱响，不刮风不下雨，夜里也响。萧红对房子的状况的细致描绘，表现出了人们生活得很艰辛，甚至随时还会有生命危险，但他们却浑然不觉，依然快乐地采蘑菇、漏粉条、晒粉条、唱歌，苦中作乐，表现了穷苦人坚韧的生命力。但不这样又怎么办呢？毕竟租这房子不需要花费太多的房钱，"一年送去十斤二十斤的干粉就完事，等于白住"。生活的艰难让他们变得逆来顺受，但他们并不是什么都不在乎，他们也害怕被掉下来的杆子砸中头，他们也珍惜生命。比如，打雷的时候，他们就把灯灭了，说雷扑火，怕雷劈着；过河的时候，他们往河里抛两个铜板，相信河神高兴了，就不会淹死他们了。他们战战兢兢地活在这世界上。

　　萧红写文章，就像一个小女孩串珠子一样，每个珠子都不大，但不同的珠子串到一起，就形成了文脉，行文中想要表达的思想和情感，自然而然地就流露出来了。住在粉房里的人的生活，是什么样的呢？萧红怀着悲悯的情怀，打了一个比方，展现了生活的表层与本质："那粉房里的歌声，就像一朵红花开在了墙头上。越鲜明，就越觉得荒凉。"粉房人的生活如此，萧红作为一代觉醒了的、半生漂泊的女作家，在用那些满溢着生命体验的文字进行文学创作的时候，又何尝不是如此呢？萧红的文学之歌，像花儿一样绽放，从容地释放着生命的苦乐，但文字的背后，却藏着作家无尽的伤痛和悲凉。

旷野天趣

旷野怡天趣,田园冶性灵。动物是人类的好朋友,大自然是我们的家园。无论是飞禽还是走兽,都和人类有着密切的关系。它们的世界同样是丰富多彩的,充满了智慧与幽默。静下心来,聆听它们的语言,我们也能在鸟儿的鸣唱、小猫的呻唤、松鼠的喳闹中放松疲惫的心,欣赏久已远离我们的自然。

阿　咪[①]

丰子恺 著

阿咪者，小白猫也。十五年前我曾为大白猫"白象"写文。白象死后又曾养一黄猫，并未为它写文。最近来了这阿咪，似觉非写不可。盖在黄猫时代我早有所感，想再度替猫写照。但念此种文章，无益于世道人心，不写也罢。黄猫短命而死之后，写文之念遂消。直至最近，友人送了我这阿咪，此念复萌，不可遏止。率尔命笔，也顾不得世道人心了。

阿咪之父是中国猫，之母是外国猫。故阿咪毛甚长，有似兔子。想是秉承母教之故，态度异常活泼。除睡觉外，竟无片刻静止。地上倘有一物，便是它的游戏伴侣，百玩不厌。人倘理睬它一下，它就用姿态动作代替言语，和你大打交道。此时你即使有要事在身，也只得暂时撇开，与它应酬一下；即使有懊恼在心，也自会忘怀一切，笑逐颜开，哭的孩子看见了阿咪，会破涕为笑呢。

[①]选自《丰子恺散文全编》，浙江文艺出版社，1992年版。

我家平日只有四个大人和半个小孩。半个小孩者，便是我女儿的干女儿，住在隔壁，每星期三天宿在家里，四天宿在这里，但白天总是上学。因此，我家白昼往往岑寂，写作的埋头写作，做家务的专心家务，肃静无声，有时竟像修道院。自从来了阿咪，家中忽然热闹了。厨房里常有保姆的话声或骂声，其对象便是阿咪。室中常有陌生的笑谈声，是送信人或邮递员在欣赏阿咪。来客之中，送信人及邮递员最是枯燥，往往交了信件就走，绝少开口谈话。自从家里有了阿咪，这些客人亲昵得多了，常常因猫而问长问短，有说有笑，送出了信件还是流连不忍遽去。

访客之中，有的也很枯燥无味。他们是为公事或私事或礼貌而来的，谈话有的规矩严肃，有的噜苏疙瘩，有的虚空无聊，谈完了天气之后只得默守冷场。然而自从来了阿咪，我们的谈话有了插曲，有了调节，主客都舒畅了。有一个为正经而来的客人，正在侃侃而谈之时，看见阿咪姗姗而来，注意力便被吸引，不能再谈下去，甚至我问他也不回答了。又有一个客人向我叙述一件颇伤脑筋之事，谈话冗长曲折，连听者也很吃力。谈至中途，阿咪蹦跳而来，无端地仰卧在我面前了。这客人正在愤慨之际，忽然转怒为喜，停止发言，赞道："这猫很有趣！"便欣赏它，抚弄它，获得了片时的休息与调节。有一个客人带了个孩子来。我们谈话，孩子不感兴味，在旁枯坐。我家此时没有小主人可陪小客人，我正抱歉，忽然阿咪从沙发下钻出，抱住了我的脚。于是大小客人共同欣赏阿咪，三人就团结一气了。后来我应酬大客人，阿咪替我招待小客人，我这主人就放心了。原来小朋友最爱猫，和它厮伴半天，也不厌倦，甚至被它抓出了血也情愿。因为他们有一共通性：活泼好动。女孩子更喜欢猫，逗它玩它，抱它喂它，劳而不怨。因为他们也有个共通性：娇痴亲昵。

　　写到这里，我回想起已故的黄猫来了。这猫名叫"猫伯伯"。在我们故乡，伯伯不一定是尊称。我们称鬼为"鬼伯伯"，称贼为"贼伯伯"，故猫也不妨称为"猫伯伯"。大约对于特殊而引人注目的人物，都可讥讽地称之为"伯伯"。这猫的确是特殊而引人注目的。我的女儿最喜欢它。有时她正在写稿，忽然猫伯伯跳上书桌来，面对着她，端端正正地坐在稿纸上了。她不忍驱逐，就放下了笔，和它玩耍一会。有时它竟盘拢身体，就在稿纸上睡觉了，身体仿佛一堆牛粪，正好装满了一张稿纸。有一天，来了一位难得光临的贵客。我正襟危坐，专心应对。"久仰久仰""岂敢岂敢"，有似演剧。忽然猫伯伯跳上矮桌来，嗅嗅贵客的衣袖。我觉得太唐突，想赶走它。贵客却抚它的背，极口称赞："这猫真好！"话头转向了猫，紧张的演剧就变成了和乐的闲谈。后来我把猫伯伯抱开，放在地上，希望它去了，好让我们演完这一幕。岂知过得不久，忽然猫伯伯跳到沙发背后，迅速地爬上贵客的背脊，端端正正地坐在他的后颈上了！这贵客身体魁梧奇伟，背脊颇有些驼，坐着喝茶时，在猫伯伯看来是个小山坡，爬上去很不吃力。此时我但见贵客的天官赐福的面孔上方，露出一个威风凛凛的猫头，画出来真好看呢！我以主人口气呵斥猫伯伯的无礼，一面起身捉猫。但贵客摇手阻止，把头低下，使山坡平坦些，让猫伯伯坐得舒服。如此甚好，我也何必做煞风景的主人呢？于是主客关系亲密起来，交情深入了一步。

可知猫是男女老幼一切人民喜爱的动物。猫的可爱，可说是群众意见。而实际上，如上所述，猫的确能化岑寂为热闹，变枯燥为生趣，转懊恼为欢笑；能助人亲善，教人团结。猫即使不捕老鼠，也有功于人生。那么我今为猫写照，恐是未可厚非之事吧？猫伯伯行年四岁，短命而死。这阿咪青春尚只三个月。希望它长寿健康，像我老家的老猫一样，活到十八岁。这老猫是我的父亲的爱物。父亲晚酌时，它总是端坐在酒壶边。父亲常常摘些豆腐干喂它。六十年前之事，今犹历历在目呢。

导读

丰子恺（1898—1975），曾用名丰润、丰仁，后改子恺，浙江崇德（今属桐乡）人，现代漫画家、作家。主要作品有散文集《缘缘堂随笔》《缘缘堂再笔》《子恺近作散文集》等十余种，画集《子恺漫画》《护生画集》《绘画鲁迅小说》等，另有学术论著和翻译作品多部。

阿咪是丰子恺的一只爱猫，尽管他在文章一开头就言明"但念此种文章，无益于世道人心，不写也罢"，却终搏不过爱猫之心，于是替阿咪与另一只已经故去的黄猫作传，写猫亦是在写人生。《阿咪》同作者的大部分散文一样，用细密的描写、叙述将这些易被常人忽视的细碎日常用有趣的文字表现出来，鲜活生动而富含意蕴，正应了一句古语：看似平常最奇崛。终其一生，他都致力于表现细碎的东西，并能够从细碎中升华出人生的、社会的意义。这不仅是一种别具一格的文学内容，同时也是别有兴味的文学态度与精神。

丰子恺的散文多静观人生，点到为止，任文章的意趣自己细碎地透示出来，绝不多发冗言。这和另一样他十分擅长的技艺——漫画有异曲同工之处。丰子恺的漫画均是线条简单、淡如水墨，或有旁注，也都是寥寥数语却意蕴深长。

丰子恺之所以能从身边平凡事中，发现别人不曾发现的东西，体验别人不曾体验的乐趣，感悟别人不曾感悟的况味，根本原因还是他不仅能看透世道人心，更能超越人世的成见，以艺术般的心绪、佛理化的思考，来旁观社会、玩味人生。

狗[1]

梁实秋 著

我初到重庆，住在一间湫隘的小室里，窗外还有三两棵肥硕的芭蕉，屋里益发显得阴森森的，每逢夜雨，凄惨欲绝。但凄凉中毕竟有些诗意，旅中得此，尚复何求？我所最感苦恼的乃是房门外的那一只狗。

我的房门外是一间穿堂，亦即房东一家老小用膳之地，餐桌底下永远卧着一条脑满肠肥的大狗。主人从来没有扫过地，每餐的残羹剩饭，骨屑稀粥，以及小儿便溺，全都在地上星罗棋布着，由那只大狗来舐得一干二净。如果有生人走进，狗便不免有所误会，以为是要和它争食，于是声色俱厉地猛扑过去。在这一家里，狗完全担负了"洒扫应对"的责任。

"君子有三畏"，狴犬其一也。我知道性命并无危险，但是每次出来进去总要经过它的防次，言语不通，思想亦异，每次都要引

---

[1]选自《梁实秋文集》，鹭江出版社，2002年版。

起摩擦，酿成冲突，日久之后真觉厌烦之至。其间曾经谋求种种对策，一度投以饵饼，期收绥靖之效，不料饵饼尚未啖完，乘我返身开锁之际，它无警告地向我的腿部偷袭过来；又一度改取"进取乃最好之防御"的方法，转取主动，见头打头，见尾打尾，虽无挫衄，然积小胜终不能成大胜，且转战之余，血脉偾张，亦大失体统。因此外出即怵回家，回到房里又不敢多饮茶。不过使我最难堪的还不是狗，而是它的主人的态度。

  狗从桌底下向我扑过来的时候，如果主人在场，我心里是存着一种奢望的：我觉得狗虽然也是高等动物——脊椎动物哺乳类，但是，毕竟，至少在外形上，主人和我是属于较近似的一类，我希望他给我一些援助或同情。但是我错了，主客异势，亲疏有别，主人和狗站在同一立场。我并不是说主人也帮着狗猖猖然来对付我，他们尚不至于这样合群。我是说主人对我并不解救，看着我的狼狈却哄然噱笑，泛起一种得意之色，面带着笑容对狗嗔骂几声："小花！你昏了？连×先生你都不认识了！"骂的是狗，用的是让我所能听懂的语言。那弦外之音是："我已尽了管束之责了，你如果被狗吃掉莫要怪我。"然后他就像是在罗马剧场里看基督徒被猛兽扑食似的作壁上观。俗语说：打狗看主人。我觉得不看主人还好，看了主人我倒要狠狠地再打狗几棍。

  后来我疏散下乡，遂脱离了这恶犬之家，听说继续住那间房的是一位军人，他也遭遇了狗的同样的待遇，也遭遇了狗的主人的同样的待遇，但是他比我有办法——他拔出枪来把狗当场枪毙了。我于称快之余，想起那位主人的悲怆，又不能不给予同情了。特别是，残茶剩饭丢在地下无人舐，主人势必躬亲洒扫，其凄凉是可想而知的。

在乡下不是没有犬厄。没有背景的野犬是容易应付的，除了菜花黄时的疯犬不计外，普通的野犬都是些不修边幅的夹尾巴的可怜的东西，就是汪汪地叫起来也是有气无力的，不像人家豢养的狗那样振振有词、自成系统。有些人家在门口挂着牌示"内有恶犬"，我觉得这比门里埋伏恶犬的人家要忠厚得多。我遇见过埋伏，往往猝不及防，惊惶大呼，主人闻声褰帘而出，嫣然而笑，肃客入座，从容相告狗在最近咬伤了多少人。这是一种有效的安慰，因为我之未及于难是比较可庆幸的事了。但是我终不明白，他为什么不索性养一只虎？来一个吃一个，来两个吃一双，岂不是更为体面吗？

这道理我终于明白了。雅舍无围墙，而盗风炽，于是添置了一只狗。一日邮差贸贸然来，狗大声咆哮，邮差且战且走，蹒跚而逸，主人拊掌大笑。我顿有所悟。别人的狼狈永远是一件可笑的事，被狗所困的人是和踏在香蕉皮上面跌跤的人同样可笑。养狗的目的就是要它咬人，至少做吃人状。这就等于养鸡是为要它生蛋一样，假如一只狗像一只猫一样，整天晒太阳睡觉，客人来便咪咪叫两声，然后逡巡而去，我想不但主人惭愧，客人也要惊讶。所以狗咬客人，在主人方面认为狗是克尽厥职，表面上尽管对客抱歉，内心里却有一种愉快，觉得他的这只狗并非是挂名差事，它守在岗位上发挥了作用。所以他对狗一面苛责，一面也还要嘉勉。因此脸上才泛出那一层得意之色。还有衣冠楚楚的人，狗是不大咬的，这在主人也不能不有"先护我心"之感。所可遗憾者，有些主人并不以衣裳取人，亦并不以衣裳废人，而这种道理无法通知门上，有时不免要慢待嘉宾。不过就大体论，狗的眼力总是和它的主人差不了多少。所以，有这样多的人家都养狗。

导读

梁实秋（1903—1987），原籍浙江杭县，生于北京，著名文学评论家、散文家、翻译家。他曾与徐志摩、闻一多创办新月书店，主编《新月》月刊。代表作有《现代中国文学之浪漫的趋势》《文艺批评论》《雅舍小品》《谈徐志摩》《清华八年》《秋室杂忆》《槐园梦忆》《看云集》《雅舍谈吃》《英国文学史》，以及译作《莎士比亚全集》等。

本篇《狗》是梁实秋的早期作品，文风泼辣，下笔痛快。它反映了梁实秋散文的集中特点：简单、活泼。梁实秋对散文的最高理想即是"简单"。因为一般的散文在艺术上最常犯的毛病都是：太多枝节、太繁冗、太生硬、太粗陋。而梁实秋认为，散文艺术中的最根本的原则是"割爱"。散文的美，不在乎你能写出多少旁征博引的故事穿插，亦不在多少典雅的词句，而在能把心中的情思干干净净、直截了当地表现出来。同时，他也认为，散文应是活泼的，而不是堆砌的，就像一泓流水般活泼流动。在梁实秋的散文中，这种"活泼"主要表现在语言的风趣幽默上。正如本篇《狗》，梁实秋以其独到的眼光，挖掘出日常生活中的趣味，又用他的天才式的语言绘声绘色地将这种趣味渲染到令人发笑的地步。梁实秋写生活中好笑或者好玩的事情，虽然也不无揶揄之处，但因之对其有足够的理解，所以并不完全将之放在手术台上批判抨击，而仍能带着温情脉脉的讽喻。作为中国现代典型的自由知识分子，梁实秋"长日无俚，写作自遣，随想随写，不拘篇章"，因此他的散文作品不仅内容丰富，题材各异，构思精巧，而且因洞察人生百态，文笔机智闪烁，谐趣横生，严肃中见幽默，幽默中见文采。文调一直是梁实秋自觉的艺术追求。他曾说："怎样才能得到文学的高超性，这完全要看在文调上有没有艺术的纪律。……高超的文调，一方面是挟着感情的魔力，另一方面是要避免种种的鄙陋的语气和粗俗的词句。"总的说来，他的散文兼具文人散文与学者散文的特点，一方面旁征博引，另一方面行文简洁，内蕴深厚。到晚年，他的怀念故人、思恋故土的散文写得更是深沉浓郁，感人至深。

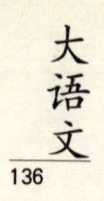

猫的天堂[1]

［法国］左拉 著　郝运 译

一位姑母遗赠给我一只安哥拉猫，它确实是我所知道的最愚蠢的畜生。以下就是我的猫在一个冬天的夜晚，守着壁炉里暖烘烘的余烬，讲给我听的。

一

我当时两岁，确实是人们所能见到的最肥胖、最天真的猫，在这个小小的年纪，我还像鄙视舒适的家庭生活的动物一样，目空一切，十分高傲。然而我应该怎么感谢老天爷啊！他把我安置在您姑母的家里。这个善良的女人宠爱我。在一个大橱里面我有一间真正的卧房，还有羽绒的垫子和三层厚厚的毯子。吃的和睡的一样好，从来没有面包，从来没有汤，有的只是肉，带血的新鲜肉。

---

[1] 选自《左拉中短篇小说选》，人民文学出版社，1986年版。

嗯！在这舒适的环境中，我只有一个愿望，一个梦想：从半开着的窗子溜出去，逃上房顶。抚摸我觉得乏味，我的床太柔软，让我感到厌恶，我胖得使我自己都恶心。我因为生活幸福而整天感到厌倦。

应该告诉您，我曾经伸长脖子从窗口看到了对面的房顶。那一天有四只猫在房顶上打架，浑身的毛倒竖着，尾巴翘得老高，他们在大太阳下的青石板瓦上打滚，一边还发出快乐的诅咒声。我从来还没有见过这样离奇的场面。从那以后，我的信心就非常坚定了。真正的幸福就在这扇严严实实关好的窗子后面的房顶上。我给我自己提出的证据是：在像这样关好的橱门后面藏着肉。

我确定了逃走的计划。在生活中，除了带血的肉，应该还有别的。这就是未知，就是理想。一天，厨房的窗子忘了推上。我跳到了下面的一个小房顶上。

二

那些房顶多美啊！房顶边沿的檐槽宽宽的，散发出扑鼻的香味。我快活地沿着这些檐槽走去，我的爪子陷在稀稀的烂泥里，烂泥极其暖和，极其柔软。我觉得就像是走在天鹅绒上。太阳下面暖烘烘的，非常舒服，简直要把我浑身的油都晒融化了。

不瞒您说，我的四条腿在打哆嗦。我的快乐中也有着恐惧。我尤其忘不了有一次我吓得真够呛，差点儿一个跟斗栽到街上去。三只猫从一所房子的屋脊上朝我冲过来，一边还喵喵地发出可怕的叫声。我吓昏了，他们说我是大傻瓜，他们告诉我，他们喵喵叫，是叫着玩的。我也开始跟他们一起喵喵叫。真有趣。这些家伙都不像我那样长得脑满肠肥。当我像球一样在被大太阳晒热的锌板上往下滑时，他们都笑话我。这一群猫里有一只老雄猫待我特别友好。他主动提出要承担教育我的任务，我怀着感激的心情接受了。

啊！让您姑母喂我吃的肺滚远些吧！我喝檐槽里的水，加了糖的牛奶也从来没有这么香甜可口。在我看来一切都是既美好又完善。一只雌猫走过，一只迷人的雌猫，我一看见她，心里顿时充满从未有过的激动。过去我只是在梦中见到过这种脊梁柔软得可爱的尤物。我们，我的三个同伴和我，迎着这个新来者冲过去。我跑到他们前面，正要向这只迷人的母猫致意的时候，我的一个伙伴狠狠地在我的脖子上咬了一口，痛得我直叫唤。

"算啦！"老雄猫一边对我说，一边把我拉开，"这样的事您以后会遇到很多的。"

三

在溜达了一个小时以后，我感到饥肠辘辘。

"在房顶上吃什么？"我问我的朋友老雄猫。

"找到什么就吃什么。"他很有学识地回答我。

这个回答使我感到为难，因为我找来找去，什么也没有找到，最后我看到在一间顶楼里，有一个年轻的女工人在准备午饭。窗子下面的台子上放着一大块排骨，颜色红红的，非常吊胃口。

"我要的原来在这儿。"我十分天真地想。

我跳到台子上，咬那块排骨。但是女工人发现了我，用扫帚狠狠在我的脊梁上打了一下。我丢下肉，一边逃走，一边发出可怕的咒骂。

"您是刚从乡下出来的？"老雄猫对我说，"放在台子上的肉是供您我远远地望的。您应该到檐槽里去找。"

我永远没法明白厨房里的肉为什么不属于我。我的肚子当真生气了。更使我灰心绝望的是，老雄猫对我说要等到夜里，那时我们可以从房顶下去，到街上的垃圾堆里去寻找。等到夜里！他说这句话时，平静得像个冷酷无情的哲学家。我呢，只是想到挨饿的时间还得延长下去，就感到自己快昏过去了。

四

黑夜慢腾腾地来到，那是一个冻得我周身冰凉的、有雾的黑夜。

不多会儿后下起雨来，在一阵阵狂风的鞭打下，这蒙蒙细雨一直湿透了我们的皮毛。我们从楼梯上装了玻璃的窗洞下去。街道在我看来多么丑陋啊！没有了温暖，没有了大太阳，没有了我们在上面如此舒服地打滚的、被阳光照成一片白色的房顶。我的爪子在泥泞的路面上打滑。我伤心地记起了我的三层厚厚的毯子和我的羽绒垫子。

我们刚到街上，我的朋友老雄猫就开始浑身发抖。他把身子缩小，缩得非常小，偷偷地沿着房子朝前溜，并且叫我紧跟着他，等到他遇到一扇能通车辆的大门，便立刻躲到里面，并且不由自主地发出满意的呼噜呼噜的叫声。我问他为什么要逃，他反问了我一句：

"您看见那个背着一个背篓、拿着一个钩子的人了吗？"

"看见了。"

"嗯！如果他看见我们，就会打死我们，穿在铁钎上烤着吃！"

"穿在铁钎上烤着吃！"我叫了起来，"这么说街道不是我们的了？我们非但没有吃的，反而要被吃掉！"

五

然而垃圾已经被倒在一家家的门前。我怀着绝望的心情在垃圾堆里搜寻。我找到了两三块沾满了灰的、没有肉的骨头。这时候我才懂得了新鲜的肺有多么鲜美。我的朋友老雄猫像艺术大师那样扒拉着垃圾。他不慌不忙,领着我一直跑到早上,把每一条街都转到了。我被雨淋了将近十个钟头,冻得浑身直打战。该死的街道,该死的自由,我多么惋惜我失去的监狱啊!

天亮以后,雄猫看见我走起路来踉踉跄跄,便用一种奇怪的口气问我:

"您受够了吗?"

"啊!是的。"我回答。

"您想回家吗?"

"当然,不过怎样才能找到我那所房子呢?"

"来。昨天早上看见您出来的时候,我就明白一只像您这样的胖猫是不配享受自由带来的充满苦难的快乐的。我认识您的家,让我把您送到门口。"

这只可敬的老雄猫,直截了当地对我这么说。我们到了。

"再见。"他对我说,没有一点儿激动的表示。

"不,"我叫了起来,"我们不能就这样分开。您跟我一起去。我们分享同一张床,同一块肉。我的女主人是一个善良的女人……"

他不让我说完。

"住口,"他粗暴地说,"您是一个傻瓜。我在您那种温暖舒适的环境中会死去的。您的优裕生活只适合那些杂种猫。自由的猫决不会用监狱作为代价来换取您的肺和您的羽绒垫子……再见。"

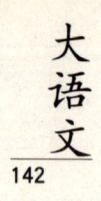

他重新爬上房顶。我看见他又高又瘦的侧影在初升太阳的抚摸下舒服地抖动着。

我回到家里以后,您的姑母拿起掸衣鞭揍了我一顿,我心甘情愿地接受这顿打,在她打我的时候,我乐不可支地想到了她接下来会给我吃的肉。

"您看见了吧,"我的猫在火炭前面伸长了身体,下结论说,"真正的幸福,天堂,我亲爱的主人,就是关在一间有肉吃的屋子里挨打。"

我是在为猫说话。

导读

左拉（1840—1902），法国小说家，自然主义文学主要倡导者。著有《娜娜》《小酒店》《给妮侬的故事》《克洛德的忏悔》等。

《猫的天堂》以第一人称略带童趣戏谑的口吻讲述了一只家猫逃出主人家的经历。从渴望自由到抛弃自由的时间，只有一天那么长而已。一天的苦难生活足以让那只肥胖天真的猫改变它的世界观，接受冷酷无情的现实，在自由带来的充满苦难的快乐与束缚安稳带来的乏味之间，它很快就心甘情愿地退向了后者。但是心底是有压抑的，所以它才会嘲讽自己"真正的幸福……就是关在一间有肉吃的屋子里挨打"。文章虽短，却充满深意。

在表层看，它是一个饶有趣味的故事，深层剖析，它则犀利地道出了人类世界的生存法则——甘苦自知。老雄猫和胖家猫典型代表了我们这个世界上生活着的两类人，前者在洞明世事后坚持自己的追求，痛并快乐地生活着，后者对这个世界抱有的天真很快被真实世界的残酷所磨灭。前者是从后者历练出来的，但很显然，不是每一个后者都能成为前者，大部分人都在危险与安全之间选择了后者，孰幸福孰不幸福外人无法评判。通过阅读本文我们了解到事物是矛盾的统一体，没有全然的好，也没有全然的坏，选择的同时意味着承担，只有勇于承担的人才会到达所谓的天堂。因此，这是一篇充满启示录意味的小说。

亲爱的三月,请进![1]

[美国] 艾米莉·迪金森 著 关天晞 译

亲爱的三月,请进!
我多么高兴!
盼望你已久。
请脱下帽子——
瞧你为赶路——
上气不接下气!
亲爱的三月,你好吗?
一切如意?

你动身时大自然可好?
啊,三月,快跟我上楼,
我有许多事相告!

---

[1] 选自《青春诗篇》,花城出版社,1992年版。

我收到你的信，还有小鸟的讯息。

枫叶根本不知

你将到来——我声明，

它们气得脸发紫！

可是，三月，请原谅——

你让我打扮的

所有那些山头，

没有合适的紫红色，

你已全部带走。

谁在敲门？一定是四月！

快将门锁上！

我不愿被纠缠！

它到别处躲了一年，来访，

我正没空闲。

只要你归来，

琐事显得多寻常。

责备如同赞扬般可贵，

赞扬也不过与责备一样。

导读

艾米莉·迪金森（1830—1886），美国传奇女诗人，被视为二十世纪现代主义诗歌的先驱之一。她一生写过一千多首诗，但生前只有极少数诗歌得以发表。

《亲爱的三月，请进！》是一首抒情短诗，诗风清新纯净，充满了对大自然的热爱之情，轻快的节奏表达了对"亲爱的三月"到来的欣喜，口语化的语言充满了亲切感，就像三月的暖风拂面。

"亲爱的三月，请进！我多么高兴！盼望你已久"，率真地表达了"我"对三月的欢迎和期盼的心情。然后"三月"为了赶路，上气不接下气，表明春天也在很急切地赶过来。人盼春天，春天也急着赶来与人相会，表现了人与自然之间亲昵深厚的情感。"我"像问候老朋友一样问候三月："亲爱的三月，你好吗？一切如意？你动身时大自然可好？"关切之情在三个问句中流露出来。紧接着"我"邀请三月："啊，三月，快跟我上楼，我有许多事相告！"这再次表达了对三月盼望已久的急切心情。最后"我"迫切地与三月交谈，倾吐想说给三月的话语。

大语文 拂拭心灵

一个国家需要一种推动的枢纽，这就是美德。点燃我们心灵的美德之光，是人类作为一个种群得以延续和发展下去的重要理由。

生命短促，只有美德能流传到遥远的后世，它伴随着每一个少年的成长，拂拭着每一个少年的心灵。

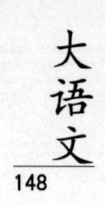

父①

[日本]芥川龙之介 著 文学朴 译

这事发生在我上中学四年级的时候。

那年秋天,学校举办了一次从日光到足尾的历时三天的修学旅行。学校发给我们的油印通知单上规定:早晨六点半在上野车站前集合,六点五十分开车……

那天,我连早饭也没正经吃就从家里跑出去了。我心里虽想,坐电车到火车站连二十分钟也用不了,但还是不由得感到着急。站在电车站的红柱子跟前等车的当儿,我也是焦虑不堪。

天公不作美,阴沉沉的,令人觉得,四下里工厂发出的汽笛声一旦震撼那暗灰色的水蒸气,说不定就会化为一场蒙蒙细雨哩。在阴郁的天空下面,火车驰过高架铁道,运货马车驶向被服厂,店铺一爿挨一爿地开了门。我站在那里的电车站也来了两三个人,个个都愁眉苦脸,显得睡眠不足的样子。好冷啊!这当儿,开来一辆减

①选自《外国短篇小说经典100篇》,人民文学出版社,2003年版。

价加班车。

车上很挤，我好容易才抓住拉手。这时有人从背后拍了拍我的肩膀说："早上好！"

我赶紧回头一看，原来是能势五十雄。他也跟我一样，身穿深蓝色粗斜纹哔叽制服，将大衣卷起来搭在左肩上，缠着麻布绑腿，腰上挂着饭盒包和水壶什么的。

能势和我毕业于同一个小学，又进了同一个中学。他哪门功课也不特别好，另一方面，门门功课也都过得去。不过有些事他倒表现得很灵巧，流行歌曲只要听上一遍就能把曲调背下来。修学旅行的途中晚上住旅馆，他就神气活现地给大家表演。吟诗、萨摩琵琶①、曲艺、说书、相声、魔术，他样样来得。他还擅长用比手画脚、挤眉弄眼来逗人乐，因而在班上人缘不赖，也获得了教师们的好评。我和他之间虽也有一些交往，可是说不上怎么亲密。

"你也来得挺早哇。"

"我一向来得早。"能势边说边蹙了一下鼻子。

"不过前些日子你迟到啦。"

"前些日子？"

"上语文课的时候。"

"哦，是挨马场训的那回吗？书法家也难免笔误嘛。"能势经常直呼老师的姓。

---

①萨摩琵琶：16世纪后半叶创始于萨摩国的一种四弦琵琶。

"我也挨过那个老师的训。"

"是因为迟到吗？"

"不，忘了带课本。"

"仁丹吹毛求疵得厉害。"

"仁丹"就是能势给马场老师起的绰号。说着说着，电车已开到火车站跟前了。

电车还是像上的时候那么挤，好容易才下了车。走进火车站一看，时间还早，同学才到了两三个。我们相互说了声"早上好"之后，就争先恐后地在候车室的长凳上坐下，照例兴致勃勃地聊起天来。在我们这个年龄，都以"老子"代替"我"，自鸣得意。自称"老子"的伙伴们，大谈这次旅行的计划，议论旁的同学，并说些老师的坏话。

"老泉可鬼啦。那家伙有一本教员用的英文读本，听说事先他一回也没温习过哩。"

"平野更鬼。据说考试时他把历史年代都写在指甲上。"

"说起来，老师也鬼。"

"可不是鬼嘛！本间连"receive"①这个词是"i"靠前还是"e"靠前都拿不准，他就拿那本教师用的读本好歹糊弄着教呢。"

我们开口一个"鬼"，闭口一个"鬼"，没一句正经话。能势旁边的凳子上坐着一个匠人打扮的，在读报，他的鞋不但失去了光泽，

---

①英语，接受之意。

而且前头还裂了口。当时流行一种"马金莱"鞋，能势就送给这个人的鞋一个雅号，叫"啪金莱"。

"'啪金莱'可真绝啦！"大伙儿不禁笑了起来。

我们越发得意，就越去注意出出进进候车室的形形色色的人，并一一加以只有东京的中学生口中才说得出来的刻薄的讥讽。在这一点上，我们当中没有一个老实人，其中尤以能势的形容最损，也最俏皮。

"能势，能势，看看那位大娘。"

"她那副长相活像一只怀了孕的河豚。"

"这边的搬运夫也似乎像个什么。你说呢，能势？"

"像查理五世①。"

最后能势简直独自把坏话都包下来了。

这时同学当中的一个发现了个古怪的人站在列车时刻表前面，查对那些密密麻麻的数字。他身穿暗褐色西服上衣，深灰色粗条纹裤子里的两条腿细得像跳高用的撑竿一样。宽边旧式黑礼帽下面露出花白头发，看来已上了岁数。脖子上却围了一条黑白格子的醒目的手绢，腋下轻轻地夹着一根长长的紫竹手杖。不论服装还是举止，这活像是把《笨拙》②里的插图剪下来，将它立在这熙熙攘攘的火车站上了。由于找到了新的笑柄而兴高采烈的那个同学乐得两肩直颤，拽拽能势的手说："喂，你瞧那家伙怎么样？"

---

① 查理五世（1500—1558）：德意志神圣罗马帝国皇帝。
②《笨拙》：英国讽刺漫画杂志。

于是，我们就把视线集中在那个怪人身上。那个人胸部略挺，从西服背心的口袋里掏出一只系着紫色绦带的镍壳大怀表，一个劲儿地核对列车时刻表上的钟点。我虽然只瞥见了他的侧脸，却一眼就看出那是能势的父亲。

可是在场的同学谁也不知道，所以个个都想听听能势恰如其分地形容一下这位滑稽的人物，于是大家兴致勃勃地盯着能势，准备大笑一场。我当时作为一个中学四年级的学生，是无从揣度此时此刻能势的心情的。我差点儿冒出"那是能势的父亲哩"这么一句话。

这当儿，我听见能势说道："那家伙吗？他是个伦敦乞丐。"

不消说，大家哄堂大笑起来。有人还故意挺起胸，掏出怀表，学能势的父亲的姿势。我不由得低下了头，因为我没有勇气去看当时能势脸上作何表情。

"说得妙！"

"瞧，瞧他那顶帽子。"

"贫民窟里才找得到吧？"

"贫民窟里也找不到的。"

"那么只好到博物馆去喽。"

大家又趣味盎然地笑了。

阴天的火车站黑得跟黄昏时分一样。我在半明半暗中悄悄地打量着那位"伦敦乞丐"。

不知什么时候透进了微弱的阳光，窄窄的一条光带从高高的天窗朦朦胧胧地照射进来。能势的父亲正好处在光带之中。不论是目光所及的地方还是看不见的地方，周围一切都在活动，并像雾一样笼罩着这栋巨大的建筑物，难以辨别这是人声鼎沸还是物体的轰鸣。然而唯独能势的父亲一动也不动。这个身穿旧式西服、与现代风马牛不相及的老人混在川流不息的人流当中，斜戴着过时的黑礼帽，右手掌心上托着系紫色绦带的怀表，依然像《笨拙》里的剪影那样伫立在列车时刻表前面……

事后我暗中打听出，能势的父亲当时正在大学的药房工作，他是为了在上班途中看看自己的儿子跟同学一道去旅行的场面，才特地到火车站来的——事先他也没有告诉儿子一声。

中学毕业后不久，能势五十雄患肺结核病故了。我们在中学的图书室为他举行了追悼会，我站在戴了制服帽的能势遗像前致悼词。我在悼词中加上了这么一句："你素日孝敬父母……"

导读

芥川龙之介（1892—1927），日本近代杰出的小说家，被文学界称为"鬼才"。代表作有《罗生门》《烟草与魔鬼》《傀儡师》《影灯笼》《夜来花》《春服》等。

关于短篇小说，鲁迅曾有过这样一个比喻："在巍峨灿烂的巨大的纪念碑底的文学之旁，短篇小说也依然有着存在的充足的权利。不但巨细高低，相依为命，也譬如身入大伽蓝中，但见全体非常宏丽，眩人眼睛，令观者心神飞越，而细看一雕栏一画础，虽然细小，所得却更为分明，再以此推及全体，感受遂愈加切实，因此那些终于为人所注重了。"它用来形容芥川的作品最恰切不过。芥川众多的短篇小说，从题材到形式，每一篇都独具匠心，不落窠臼。本篇《父》作者以他独具东方韵味的文字，悠悠缓缓地将一件往事道来。笔调疏朗，诙谐自然，同时包含着奇峰突起的感人内涵。他选取的素材虽然是平淡的，但文章立意新颖，之前对少年能势贫嘴的铺垫都是为了等待他在众多同学面前嘲讽自己的父亲时的那一击。作者的写作手法是白描，余韵却很深远，引起读者的无限联想。我们在年少时，是否也会如同主人公能势一样肆无忌惮地无法无天着，一定要到幸福已如流水般从指缝溜走无法挽回时，才懂得对父母、对周遭的世界感恩。芥川的小说总有一种萧索的悲情之相，深深地打动着我们。

我们看海去[1]

林海音 著

妈妈说的,新帘子胡同像一把汤匙,我们家就住在靠近汤匙的底儿上,正是舀汤喝时碰到嘴唇的地方。于是爸爸就教训我,他绷着脸,瞪着眼说:

"讲唔听!喝汤不要出声,窣窣窣的,最不是女孩儿相。舀汤时,汤匙也不要把碗碰得当当当地响……"

我小心地拿着汤匙,轻轻轻轻地探进汤碗里,爸又发脾气了:

"小人家要等大人先舀过了再舀,不能上一个菜,你就先下手。"他又转过脸向妈妈:

"你平常对孩子全都没教育,也是不行的……"

我心急得很,只想赶快吃了饭到门口看方德成和刘平踢球玩,所以我就喝汤出了声,舀汤碰了碗,菜来先下手。我已经吃饱了,只好还坐在饭桌旁,等着给爸爸盛第二碗饭。爸爸说,不能什么都

---

[1] 选自《城南旧事》,北京出版社,1984年版。

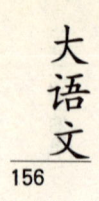

让用人做，他这么大的人，在老家时也还不是吃完了饭仍站在一旁，听着爷爷的教训。

我趁着给爸爸盛好饭，就溜开了饭桌，走向靠着窗前的书桌去，只听妈妈悄悄对爸爸说：

"也别把她管得这么严吧，孩子才多大！去年惠安馆的疯子把她吓得生了那么一大场病，到现在还有胆小的毛病，听见你大声骂她，她就一声不言语，她原来可不是这样的孩子呀！现在搬到这里来，换了一个地方，她忘记以前的事，又上学了，好容易脸上长胖些……"

妈妈呀！你为什么又提起那件奇怪的事呢？你们又常常说，哪个是疯子，哪个是傻子，哪个是骗子，哪个是贼子，我分也分不清。就像我现在抬头看见窗外蓝色的天空上，飘着白色的云朵，就要想到国文书上第二十六课的那篇《我们看海去》：

我们看海去！
我们看海去！
蓝色的大海上，
扬着白色的帆。
金红的太阳，
从海上升起来，
照到海面，照到船头。

我们看海去！

我们看海去！

  我就分不清天空和大海。金红的太阳，是从蓝色的大海升上来的呢，还是从蓝色的天空升上来的呢？但是我很喜欢念这课书，我一遍一遍地念，好像躺在船上，又像睡在云上。我现在已经能够背下来了，妈妈对爸爸、对宋妈夸我用功，书念得好。我喜欢念的，当然就念得好，像去年的"人手足刀尺，狗牛羊，一身二手……"那几课，我希望赶快忘掉它们！

  爸爸去睡午觉了，一家人都不许吵他，家里一点儿声音都没有，但是我听到街墙传过嘭嘭的声音，那准是方德成他们把皮球踢到墙上了。我在想，出去怎样跟他们说话，跟他们一起玩呢？在学校，我们女生是不跟男生说话的，理也不理他们，专门瞪他们，但是我现在很想踢球。

  好妈妈，她过来了：

  "出去跟那两个野孩子说，不要在咱们家门口踢球，你爸爸睡觉呢！"

  有了这句话就好了，我飞快地向外跑，辫子又钩在门框的钉子上了，拔起我的头发根，痛死啦！这只钉子为什么不起掉。对了，是爸爸钉的，上面挂了一把鞋掸子，爸爸临出门和回家来，都先掸

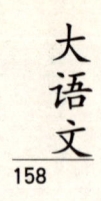

一掸鞋，他教我也要这样做，但是我觉得我鞋上的土，还是用跺脚的法子，跺得更干净些。

宋妈在门道喂妹妹吃粥，她头上的簪子插着薄荷叶，太阳穴贴着小红萝卜皮，因为她在闹头痛的毛病。开街门的时候，宋妈问我："又哪儿疯去？"

"妈叫我出去的。"我理由充足地回答她。

门外一块圆场地，全被太阳照着，就像盛得满满的一匙汤。我了不起地站到方德成的面前说：

"不许往我们家墙上踢球，我爸爸睡觉呢！"

方德成从地上捡起皮球，傻乎乎地看着我。

在我们家的斜对面，是一所空房子，里面没有人家住，只有一个看房的聋老头子，也还常常倒锁了街门回他的女儿家去住。宋妈不知从哪儿听来的，说这所房子总租不出去，是因为闹鬼，妈妈听了就跟爸爸说："北京城怎么这么多闹鬼的房子？"

在闹鬼房和另一所房的中间，有一块像一间房子那么大的空地，长满了草，前面也有看来我都能迈过去的矮破砖墙，里面的草长得比墙高。听说这块空地原来是闹鬼房子的马号，马号早就塌了，没有人修，就成了一块空草地。

我看着那片密密高高的草地，它旁边正接着一段闹鬼房子的墙，我便对方德成他们说：

"不会上那边踢去,那房里没住人。"

他们俩一听,转身就往对面跑去。球一脚一脚地踢到墙上又打回来,是多么地快活。

这是条死胡同,做买卖的从汤匙的把儿进来,绕着汤匙底儿走一圈,就还得从原路出去。这时剃头挑子过来了,那两片铁夹子"唤头"弹得嗡嗡响,也没人出来要剃头。打糖锣的也来了,他的挑子上有酸枣面儿,有印花人,有山楂片,有珠串子,是我最喜欢的,但是妈妈不给钱,又有什么办法!打糖锣的老头子看我站在他的挑子前,便轻轻地对我说:

"去,去,回家要钱去!"

教人要钱,这老头子真坏!我心里想着,便走开了。我不由得走向对面去,站在空草地的破砖墙前面,看方德成和刘平他们俩,会不会叫我也参加踢球。球滚到我脚边来了,我赶快捡起来扔给他们。球又滚到更远一点儿的墙边去了,我也跑过去替他们捡起来。这一次刘平一脚把球踢得老高老高的,他自己还夸嘴说:"瞧老子踢得多棒!"但是这回球从高处落到那片高草地里去了!

"英子,你不是爱捡球吗?可以去给我们捡吧?"刘平一头汗地说。

有什么不可以?我立刻就转身迈进破砖墙,脚踏在比我还高的草堆里。我用两手拨开草才想起,球掉到哪里了呢?怎么能一下就找到？我不由得回头看他们，他们俩已经跑到打糖锣的挑子前，仰着脖子在喝那三大枚一瓶的汽水。

我探身向草堆走了两步，是刘平的声音在喊我："留神脚底下的狗屎，英子！"

我吓得立刻停住了，向脚底下看看，还好，什么都没有。我拨开左面的草、右面的草，都找不到球，再向里去，快到最里面的墙角了，我脚下碰着一个东西，捡起来看，是把钳子，没有用，我把它往面前一丢，当的一声响了。我赶快又拨开前面的草，这才发现，钳子是落在一个铜盘子上面，盘子是反扣着的，真奇怪！我不由得蹲下来，掀开铜盘子，底下竟是一条叠得整整齐齐的很漂亮的带穗子的桌毯和一件很讲究的绸衣服！我赶紧用铜盘子又盖住，心突突地跳，慌得很，好像我做了什么不对的事被人发现了，抬头看看，并没有人影，草被风吹得向前倒，打着我的头，我只看见草上面远远的那片蓝色的海，不，蓝色的天。

我站起身来往出口的路走，心在想，要不要告诉刘平他们？我走出来，只见他们俩已经又在地上弹玻璃球了，打糖锣的老头子也走了。刘平头也没抬地问我：

"找着没有？"

"没有。"

"找不着算了，那里头也太脏，狗也进去拉屎，人也进去撒尿。"

我没有说什么,轻轻地离开他们回家去。宋妈正在院子里收衣服,她看见我便皱起眉头(小红萝卜皮立刻从太阳穴掉下来了)说:

"瞧裹的这身这脸的土!就跟那两个野小子踢球踢成这模样?"

"我没有踢球!"我的确没有踢球。

"骗谁!"宋妈撇嘴说着,又提起我的辫子,"你妈梳头是有名的手紧。瞧!还能让你玩散了呢!你说你够多淘气!头绳儿呢?"

"是刚才那门上的钉子钩掉的。"我指着屋门那只挂鞋掸子的钉子争辩说。这时我低头见我的鞋上也全是土,于是我就在砖地上用力地跺上几跺,土落下去不少。一抬头,看见妈妈隔着玻璃窗在屋里指点着我,我歪着头,皱起鼻子,向妈妈眯眯地笑了笑。她看见我这样笑,会什么都原谅我的。

第二天,第三天,好几天过去了,方德成他们不再提起那个球,但是我可惦记着,我惦记的不是那个球,是那草地,草地里的那堆东西。我真想告诉妈,或者宋妈,但是话到嘴边就又收回去了。

今天我的功课很快地就做完了,两位的加法真难算,又要进位,又要加点,我只有十个手指头,加得忙不过来。算术算得太苦了,我就要背一遍《我们看海去》,我想,躺在那海中的白帆船上,会被太阳照得睁不开眼,船在水上摇呀摇的,我一定会睡着了。"我们看海去,我们看海去",我收拾铅笔盒的时候,这样念着;我把书包挂在床栏上,这样念着;我跳出了屋门坎儿,这样念着。

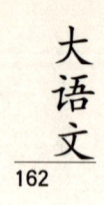

爸和妈正在院子里，妈妈抱着小妹妹，爸爸在剪花草，他说夹竹桃叶子太多了，花就开得少，去掉一些叶子，又用细绳儿把枝子捆扎一下，那几棵夹竹桃就不那么散散落落的了。他又给墙边的喇叭花牵上一条条的细绳子，钉在墙高处，早晨太阳照在这堵墙上，喇叭花就红紫黄蓝地全开开来，但现在不是早晨，几朵喇叭花已经萎了。

妈妈对爸爸说：

"带把锁回来吧，贼闹得厉害，新华街大街上闹贼呢！"

爸爸在专心剪花草，鼻孔一张一张的，他漫不经心地说："新华街，离咱们这里还远呢！"然后抬头看见我："是不是，英子？"

我点点头，那空草地在我眼前闪了一下。

小妹妹这时从妈妈的身上挣脱下来，她刚会走路，就喜欢我领她。我用跳舞的步子带她走，小妹妹高兴死啦，咯咯地笑！我嘴里又念着"我们看海去"，念一句，跳一步舞，这样跳到了门口。宋妈刚吃过饭，用她那银耳挖子在剔牙，每剔一下，就啧啧地吸着气，要剔好大的工夫，仿佛她的牙很重要！小妹妹抱住她的腿，她才把银耳挖子在身上抹了抹，插到她的髻儿上去。

宋妈抱起小妹妹走出街门了，她对妹妹说："俺们逛街去喽！俺们逛街街去喽！"宋妈逛大街的瘾头很大，回来后就有许多新鲜事告诉妈妈：神妖贼怪，骡马驴牛。

宋妈走远去了，小妹妹还在向我招手，天还没有黑，但是太阳不见了，只有对面空房子的墙角上，还有一丝光，再看过去，旁边的空草地上，也还有一片太阳光闪着亮。草被风吹得轻轻地动，我看愣了，不由得向它走过去。我家隔壁的门前，停了一个收买破烂货的挑子，却不见人，大概是到谁家收买破烂去了吧！这时门前的空地上，没有一个人。

我走向空草地，一边迈过破墙，一边心里想，如果被宋妈或者什么人看见我到这里来的话，我就说，我是要找那个皮球的，本来嘛！

我没有专心找球，但也希望能看到它，我的脚步是走向那个神秘的墙角的。我屏住气，拨动着高草，轻轻地向前探着脚步，我是怕又踩到什么东西。

那些东西，还能够在这地方吗？我那天怎么不敢多看一看，立刻就返身退出来了呢？现在这些东西如果还在这地方的话，我又怎么办呢？当然没有办法，我只是想看一看，因为我喜欢奇怪的事。

但是当我拨开那一丛草的时候，我倒抽一口气，惊奇地喊了一声："哦！"

蹲在草地上有一个人！他也受惊吓似的回过头来"哦"了一声，瞪着眼望了我一阵，随后他笑了："小姑娘，你也上这儿来干吗？"

"我呀……"我竟答不出话来，愣了一下，终于想出来了，"我来找球。"

"球？是不是这个？"他说着，从身后的一堆东西里拿出一个皮球，果然是那天刘平他们丢的那个。我点点头接过球来便要转身退出去，但是他把我叫住了：

"嗯——小姑娘，你停停，咱们谈谈。"

他穿着一身短打裤褂，秃着头，浓浓的眉毛，他的厚嘴唇使我想起了会看相的李伯伯说过的话："嘴唇厚厚墩墩的，是个老实人相。"我本来有点儿怕，想起这句话就好多了。他说话的声音仿佛有点儿发抖，人也不肯站起来，但是我知道他身后有一堆东西，不知道是不是那天的铜茶盘什么的。他说：

"小姑娘，你几岁啦？念书了没有？"

"七岁，在厂甸附小一年级。"常常有人问我同样的话，所以我能一下就回答出来。

"嘀！那是好学堂。谁接你、送你上学呀？"

"我自己。"回答了以后，想起爸爸，所以我又说，"爸爸说，小孩子要早早养成自立的本事，现在，你知道不知道，新华街城墙打通了，叫作兴华门，我就不用绕顺治门啦！"

"小姑娘会说话，家教好。"他不住地点头，"你爸爸说得对，小孩子要早早地就学着自个儿，嗯——自个儿那什么的本事。唉！"他忽然低头长长地叹一口气，又抬头望着我笑笑，问道："你猜我是来干吗？"

"你呀——我猜不出。"我摇摇头,但又忽然想起来了,"你是不是来这里拉屎?"

"拉屎?"他睁大了眼睛,"对啦,对啦,我是来出恭的啦!"

"不讲卫生!"

"我们这路人,没有卫生。"

我又低头斜着眼眺望了一下他的背后,他好像在想什么,愣了一会儿,从短褂口袋里掏出了一把玻璃球,都是又圆又亮的汽水球:"喏,这些个给你。"

"我不要,"这种事一点儿也不能坏我的心眼儿,"爸爸说过,不许随便拿人家的东西。"

"是我给你的呀!"他还是要塞到我手里,但是我的手掌努力张开着,并不拳起来,球没法落在我手里,就都掉在草地上了。我又说:

"人家给的也不能随便要。"

"这孩子!"他也很没有办法的样子。随后他又问我:"你们家知道你上这儿来吗?"

我摇摇头。

"你回去要告诉你们家里的人看见我了吗?"

我摇摇头。

"那好,可千万别跟人说看见我了呀!我也是好人。"

谁又说他是坏人呢?他的样子使我感到很奇怪!我猜他不是来

拉屎的，那堆东西，跟他有关系。

"回去吧！快黑了！"他指指天，乌鸦飞过去了。

"那你呢？"我问他。

"我也走呀，你先走。"他掸掸身上落下的碎草，好像要站起来，接着又说，"可别说出去呀，小姑娘，你还小，不懂得事，等赶明儿，我跟你慢慢地谈，故事多着呢！"

"讲故事？"

"是呀，我常常来，我看你这小姑娘是好心肠，咱们交个道义朋友，我跟你讲我弟弟的故事呀，我的故事呀。"

"什么时候？"说到讲故事，我最喜欢。

"遇见了，咱们就聊聊，我一个人，也闷得慌。"

他说的话，我不太懂，但是我觉得这样一个大朋友，可以交一交，我不知道他是好人，还是坏人，我分不清这些，就像我分不清海跟天一样，但是他的嘴唇是厚厚墩墩的。

我转身向外拨动高草，又回过头来问他："明天你要来吗？"

"明天？不一定。"

他正在拿一个包袱摊开来包东西，草下面很暗了，看不清，但是可以听见当当的声音，准是那个铜盘子碰到掉在地上的汽水球了。那是他的东西吗？

我走出了破砖墙，眼前这块地方还是没有人，但远远地我看见宋妈领着小妹妹回来了。我赶快向家里跑，路过隔壁的人家，看见那收破烂的挑子还摆在那里。

我和宋妈同时到了家门口，便牵了小妹妹的手走进家门去，这时院子里的电灯捻亮了，电灯旁边的墙上爬着好几条蝎虎子，电灯上也飞绕着许多小虫。茶几已经摆在花池子旁边了，上面准是一壶香片茶，一包粉包烟，爸爸要在藤椅上躺好久好久，跟妈妈谈这谈那，李伯伯也许会来。

我把皮球放在茶几上，随手便把粉包烟拿起来打开，抽出里面的洋画儿，爸爸笑笑，问我："封神榜的洋画儿存完全了没有？"

"哪里会！那张姜子牙永远不会有。三只眼的杨戬我倒有三张啦！"

爸爸摸着我的头笑着对妈妈说："这孩子，也知道什么姜子牙啦，杨戬啦！"

我也不知道是怎么个心气儿，忽然问爸爸："爸，什么叫作贼？"

"贼？"爸奇怪地望着我，"偷人东西的就叫贼。"

"贼是什么样子？"

"人的样子呀！一个鼻子，两只眼睛。"妈回答我，也奇怪地望着我，"怎么问起这个来了？"

"随便问问！"

我说着端了小板凳来放在妈妈的脚下，还没坐下来呢，李伯伯

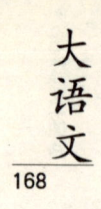

也进来了，于是妈妈就赶我："去，屋里跟小妹妹玩去，不要在这里打岔。"

我洗脸的时候，把皮球也放在脸盆里用胰子洗了一遍，皮球是雪白的了，盆里的水可黑了。我把皮球收进书包里，这时宋妈走进来换洗脸水，她"哟"了一声，指着脸盆说道："这是你的脸？多干净呀！"

"比你的臭小脚干净！"我说完扑哧笑了。我也不知为什么会想到宋妈的脚，大概是因为她的脚裹得太严了，妈妈说过，那里面是臭的。

宋妈也笑了，她说道："你嘴厉害不是？咬不动烧饼可别哭呀！"

咬不动烧饼，实在是我每天早晨吃早点时一件痛苦的事。我的大牙都被虫蛀了，前面的牙又掉了两个，新的还没长出来，所以我就没法把烧饼、麻花痛痛快快地吃下去。为了慢慢地吃早点，我迟到了，为了吃时碰到虫牙，我痛得哭了。那么我就宁可什么也不吃，饿着肚子上学去。

我把书包背挂在肩膀上，自己上学去。出了新帘子胡同，照直向城门走去，兴华门虽然打通了，但是还没有做好，城门里外堆了一层层的砖土，我走上土坡，太阳就照满我的全身。我虽然没吃早点，但很舒服，就在土坡上站了一会儿，看着来来往往的行人，手扶着书包，正碰着鼓起来的皮球，不由得想到了空草地里的情景，那个厚厚嘴唇的男人，他到底是干吗的？

我呆想了一会儿，便走下土坡来，出了兴华门，马上就到学校了。

五年级的"童子军"把着校门，他们的样子多凶啊，但是多让人羡慕啊！我几时能当上童子军呢？

"书包里是什么？"

童子军指着我的书包问，我吓了一跳。

"是皮球，还给刘平的。"我说话都有点儿哆嗦了，我真怕他们。

童子军对我很好，他没有检查，手一挥，放我进去了。我可看见他从别的同学的裤袋里查出蚕豆来，查出山楂糖来，全给没收了。不许带吃的。

进了教室，我掏出皮球来给刘平，他愣着，大概忘了。我说："你们那天丢的皮球呀！"

他这才想起来，很高兴地接过去，也不说声谢谢。

有一些同学在吵吵闹闹，他们说，为了欢送毕业同学全校要开个游艺会，在大礼堂，每一班都要负责游艺会的一项表演节目，现在吵的就是我们这班会表演什么节目呢。我真奇怪：他们的消息是从哪里得来的？我怎么就不知道这些事情。

果然在上课的时候，老师说了："一、二年级的同学不会表演整出的话剧什么的，只好唱唱歌、跳跳舞，教跳舞唱歌的韩老师要从一、二、三年级的同学里挑出几个人来，合唱《麻雀与小孩》！"

那是多么好听好看的一出歌舞啊！老师会选谁呢？会选我吗？我心跳了，因为我喜欢韩老师！她是我们附小韩主任的女儿。她冬天穿着一件藕荷色的旗袍，周身镶了白兔皮的边，在大礼堂里教我们跳舞，拉圈儿的时候，她刚好拉着我的手。她的手又热又软，我是多么喜欢她，她喜欢我吗？……

"……还有林英子，当小麻雀。"

啊！我还在做梦呢，什么也没听见。什么？是在叫我的名字吗？

"林英子，从明天起下了课要晚一点儿回家，每天都由韩老师教你们，到三甲的教室去，听明白了没有？记住要告诉家里一声。"

我只觉得脸热，真高兴死了，同学们是多么羡慕我啊！去跟三年级的大同学一起跳舞，虽然我当的是小麻雀，只管飞来飞去，并不要唱什么。

我觉得时间过得真慢，因为我要赶快回家告诉妈妈，不要告诉臭小脚宋妈，她一定会抱妹妹来看游艺会，我才不要她来！下课的时候，同学都围着我，问我跳舞那天穿什么衣裳，害怕不害怕。女同学都跑过来搂着我，好像我是她们每一个人的好朋友。

好容易放学，该回家吃午饭了，我加快了脚步，抢在同学的前面走出来。进了兴华门，过了高高低低的土坡，再走一小段路，就进新帘子胡同了。胡同里，第三家，是所大房子，平常大门关得严严的，今天却难得敞开了，门口围着许多人，巡警也来了，不知为什么事,但我下午还要上学,不能挤进人堆里去看,就赶快跑回家来。

宋妈正在气喘吁吁地跟妈妈讲什么,妈惊奇地瞪着眼听,又摇头,又啧啧。

"这回可大发了,偷了有三十件,八成是昨天天好拿出来晒衣服,让贼给看上了。"

"从外面怎么能看得见呢?不是黑大门的那家吗?我路过也难得看见他们打开门,总是阴森森的。"

"今天大门一敞开,咱们才看见,真是天棚、石榴、金鱼缸,院子可豁亮啦!"

"现在怎么样呢?"

"巡警在那儿查呢!走,珠珠,咱们再看去。"宋妈领着小妹妹,回头看见了我,"小英子,你去不去看热闹?"

"热闹?人家丢了那么多东西,多着急呀,你还说是热闹啊!"我撇她一嘴!

"好心没好报!"宋妈终于又抱着妹妹走了。

我在饭桌上告诉妈妈我参加表演《麻雀与小孩》的事,妈妈很高兴,她说要给我缝一件最最最漂亮的跳舞衣。

我说:"缝好了就锁在箱子里,不要被贼偷走啊!"

妈说:"不会的,别说这丧话!"

我忍不住又问妈:"妈,贼偷了东西,他放到哪里去呢?"

"把那些东西卖给专收贼赃的人。"

"收贼赃的人什么样儿?"

"人都是一个样儿,谁脑门子上也没刻着哪个是贼,哪个又不是。"

"所以我不明白!"我心里在纳闷儿一件事。

"你不明白的事情多着呢!上学去吧,我的洒丫头!"

妈的北京话说得这么流利了,但是,我笑了:"妈,是傻丫头,shǎ,不是 sǎ。我的洒妈妈!"说完我赶快跑走了。

因为放学后要练习跳舞,今天回来得晚了一点儿。在兴华门的土坡上我还是习惯性地站了一会儿,城墙上面的那片天,是淡红的颜色了,海在这时也会变成红色的吗?我又默默地背起"我们看海去!我们看海去!……金红的太阳,从海上升起来……"那么现在不可以说是"金红的太阳,从天上落下去"吗?对的,我将来要写一本书,我要把天和海分清楚,我要把好人和坏人分清楚,我要把疯子和贼子分清楚,但是我现在却是什么也分不清。

我从土坡上下来,边走边想,走到家门口,就在门墩儿上坐下来,愣愣地没有伸手去拍门,因为我看见收买破烂货的挑子又停在隔壁人家门口了。怎么?人呢?我不由得举起脚步走向空草地那边去。这时门前的空地上,只有远远的一个男人蹲在大槐树底下不知做什么,他没有注意我。我迈进破砖墙,拨开高草,一步步向里走。

还是那个老地方，我看见了他！

"是你！"他也蹲在那里，嘴里咬着一根青草。他又向我身后张望了一下，招手叫我也蹲下来，我一蹲下来，书包就落在地上了。他小声地说："放学啦？"

"嗯。"

"怎么不回家？"

"我猜你在这里。"

"你怎么就能猜出来呢？"他斜起头看我，我看他的脸，怎么这么眼熟。

"我呀，"我笑笑，没有说，我只是心里觉得这样，就来了，我并不会猜什么事，"我猜想你该来了。"

"我该来了？你这话是什么意思？"他惊奇地问。

"没有什么意思呀！"我也惊奇地回答，"你还有故事没跟我讲哪！不是吗？"

"对对对，咱们得讲信用。"他点点头笑了。他靠在墙角，他的身旁有一大包东西，用油布包着，他就倚着这大包袱，好像宋妈坐在炕头上靠着被褥垛那样。

"你要听什么故事？"

"你弟弟的，你的。"

"好，可是我先问你，我还不知道你叫什么名儿呢？"

"英子。"

"英子,英子,"他轻轻地念着,"名儿好听。在学堂考第几?"

"第十二名。"

"那么聪明的学生才考十二名?应当考第一呀!准是贪玩分了你的心。"

我笑了,他怎么知道我贪玩?我怎么能够不玩呢!

他又接着说:"我就是小时候贪玩,书也没念成,后悔也来不及了。我兄弟,那可是个好学生,年年考第一,有志气,他说,他长大毕了业,还要漂洋过海去念书。我的天老爷,就凭我这没出息的哥哥,什么能耐也没有,哪儿供得起呀!奔窝头,我们娘儿仨,还常常吃了上顿没下顿呢!唉!"他叹了口气,又接着说:"走到这一步上,也是事非得已。小妹妹,明白我的话吗?"

我似懂,又不懂,只是直着眼看他。他的眼角有一堆眼屎,眼睛红红的,好像昨天没睡觉,又像哭过似的。

"我那瞎老娘是因为我没出息哭瞎的,她现在只知道我把家当花光了,改邪归正做小买卖,她不知道我别的。我那一心啃书本的弟弟,更拿我当个好哥哥。可不是,我供弟弟念书,一心要供到让他漂洋过海去念书,我不是个好人吗?小英子,你说我是好人还是坏人?嗯?"

好人,坏人,这是我最没有办法分清楚的事,怎么他也来问我呢?

我摇摇头。

"不是好人?"他瞪起眼,指着他自己的鼻子。

我还是摇摇头。

"不是坏人?"他笑了,眼泪从眼屎后面流出来。

"我不懂什么好人、坏人,人太多了,很难分。"我说道。

我抬头看看天,忽然想起来了:"你分得清海跟天吗?我们有一课书,我念给你听。"

我就背起《我们看海去》那课书,我一句一句慢慢地念,他斜着头仔细地听。我念一句,他点头"嗯"一声。念完了,我说:

"金红的太阳是从蓝色的大海升上来的吗?可是它也从蓝色的天空升上来呀?我分不出海跟天,我分不出好人跟坏人。"

"对。"他点点头很赞成我,"小妹妹,你的头脑好,将来总有一天会分得清这些。将来,等我那兄弟要坐大轮船去外国念书的时候,咱们给他送行去,就可以看见大海了,看它跟天有什么不一样。"

"我们看海去!我们看海去!"我高兴得又念起来。

"对,我们看海去,我们看海去,蓝色的大海上,扬着白色的帆……还有什么太阳来着?"

"金红的太阳,从海上升起来……"

我一句句教他念,他也很喜欢这课书了,他说:"小妹妹,我一定忘不了你,我的心事跟别人没说过,就连我兄弟算上。"

什么是他的心事呢？刚才他所说的话，都叫作心事吗？但是我并不完全懂，也懒得问。只是他的弟弟不知要多久才会坐轮船到外国去？不管怎么样，我们总算定了约会，定了"我们看海去"的约会。

妈妈把那淡青色的头纱借给我跳舞用。她在纱的四角各缀上一个小小铃儿，我把纱披在身上，再系在小拇指上，当作麻雀的翅膀。我的手一舞，铃儿就随着铃铃地响，好听极了。

举行毕业典礼那天，同时也开欢送毕业同学会，爸妈都来了，坐在来宾席上，毕业同学坐在最前面，我们演员坐在他们后面，童子军维持秩序，神气死了，他们把童子军棍横拦在礼堂的几个出入门口，不许这个进来，不许那个出去。典礼先开始了，韩主任发毕业证书，由考第一的同学代表去领取，那位同学上台领了以后，向韩主任鞠躬，转过身来又向台下大家一鞠躬，大家不住地鼓掌。我看这位领毕业文凭的同学很面熟，好像在哪里见过。唉！我真"洒"！每天在同一个学校里，当然我总会见过他的呀！

我们唱欢送毕业同学离别歌："长亭外，古道边，芳草碧连天……问君此去几时来，来时莫徘徊……"我还不懂这歌词的意思，但是我唱时很想哭。我不喜欢离别，虽然一个六年级的毕业同学我也不认识。

轮到我们的《麻雀与小孩》上场了，我心里又高兴，又害怕，这是我第一次登台，一场舞跳完，就像做梦一样，台下是什么样子，我一眼也不敢看,只听见嗡嗡嗡的,还夹着鼓掌声。

我下了台,到爸妈的来宾席上去,妈妈给我买了大沙果、玉泉山的汽水和面包,我随便吃啦,喝啦,童子军管不了喽!我并不愿意老老实实地坐在爸妈身边,便站起来,左看右看的,也为的是让人看见我就是刚才在台上的小麻雀。忽然,一晃眼,我看见一个熟悉的脸影,坐在前边右面来宾席上的,是——是——是——他侧过头来了,果然是他!我不知道怎么,竟一下蹲了下去,让前面的座位遮住我,我的脸好烧,好像发生了什么事情。

我低下头在想,他怎么也来了?是不是来看我?在那青草丛里,我对他讲过学校要开游艺会和我要表演的事了吗?他如果不是来看我,又是来看谁呢?

我蹲在妈妈的脚旁太久,妈轻轻地踢了我一脚说:"起来呀,你在找什么?"

我从座位下站起身,挨着妈妈坐下来,低头轻轻地吃沙果,眼睛竟不敢向右前方看去。妈妈笑笑说:"你不是说今天特别,童子军不管同学吃零食的事吗?为什么还这么害怕?""谁说怕!"我把身子扭正过来了。

这个大沙果是很难吃完的,因为我的牙!我一边吃沙果,一边看台上,一边想事。我想起来了,被我想起来了——他的弟弟!他的考第一的弟弟!我差点儿喊出来,幸亏沙果堵在嘴上,我只能从鼻子里哼了一声。

游艺会仿佛很快就闭幕了,我们都很舍不得地离开学校回家去。回家来,我还直讲游艺会的事情,说了又说,说了又说,好像这一天的快乐,我永远永远都忘不了。爸爸很高兴,他说我这次期考竟进到十名以内了,要买点儿东西鼓励我,爸说:

"要继续努力啊!一年年地进步上去,到毕业的时候,要像今天那个考第一的代表同学领毕业证书。想一想,那位同学的爸爸坐在来宾席上,该是多么高兴呀!"

"他没有爸爸!"我突然这样喊出来。我自己也惊奇了,他准是我所认为的那个人的弟弟吗?幸亏爸爸没有再问下去。但是这却引起我要到一个地方去的念头。晚饭吃过了,天还不太晚,我溜出了家门。

在门外乘凉的人很多,他们东一堆、西一堆地在说话,不会有人注意我。我假装不在意地走向空草地去。草长得更高,更茂盛了,拨开它,要用点儿力气呢!草里很暗,我不知道为什么要到这里来,也不知道他在不在,我只是有一股子说不出的劲儿,就来了。

他没有在这里,但是墙角可还有一个油布包袱,上面还压了两块石头。我很想把石头挪开,打开包袱看看里面到底是些什么东西,但是我没敢这么去做。我愣愣地看了一会儿,想了一会儿,眼睛竟湿了。我是想,夏天过去,秋天、冬天就会来了,他还会常常来这里吗?天气冷了怎么办?如果有一天,他的弟弟到外国去读书,那时他呢?还要到草地来吗?我蹲下来,让眼泪滴在草地上,我不知道为什么会这么伤心?我曾经有过一个朋友,人家说她是疯子,我却是喜欢她。现在这个人,人家又会管他叫什么呢?我很怕离别,将来会像那次离别疯子那样和他离别吗?

地上有一个东西闪着亮,我捡起来看,是一个铜佛,我随便地把它拿在手里,就转身走出草地了。

经过大槐树底下的时候,一个戴着草帽、穿着对襟短褂的男人向我笑眯眯地走来,他说:"小姑娘,你手里拿的是什么玩意儿呀?我看看行吗?"

有什么不行呢?我立刻递给他。

"这是哪儿来的?你们家的吗?"

"不是。"我忽然想起这不是我家的东西,我怎么能随便地拿在手里呢!于是我就指着空草地里说:"喏,那里捡来的。"他听了点点头,又笑眯眯地还给我,但是我不打算要了,因为回家去爸爸知道我在外面捡东西也会骂的,我便用手一推,说:"送给你吧!"

"谢谢你哟!"

他真是和气,一定是个好人啦!

天气闷热,晚上蚊子咬得厉害,谁知半夜就下了一场大雨,一直下到大天亮。我们开完游艺会放三天假,三天以后再到学校去取

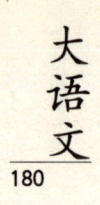

作业题目，暑假就开始，所以今天不用上学了。

雨把院子刷洗了一次，好干净！墙边的喇叭花早晨被太阳一照，开得特别美。走到墙角，我忽然想起了另一个墙角。那个油布包袱，被雨冲坏了吗？还有他呢？

我想到这儿，就忍不住跑出去，也不管别人看见看不见。青草还是湿的，一拨开，水星全打到我的身上来，脸上来。

他果然在里面！但他不是在游艺会上的样子了，昨天他端端正正地坐在礼堂里，腰板儿是直的，脖子是挺的。现在呢？他手上是水和泥，秃头上也是水珠子。他坐在什么东西上，两手支撑着下巴，厚厚的上嘴唇包着厚厚的下嘴唇，看见我去了，也没有笑，他一定是在想他的心事，没有理会我。

好一会儿，他才问我："小英子，我问你，你昨天有没有动过这包袱？"

我摇摇头。斜头看那包袱，上面压着的石头没有了，包袱也不像昨天那样整齐。

"我想着也不是你，"他低下头自言自语道，"可是，要是你倒好了。"

"不是我！"我要起誓。而且我搬不动那上面的石头，我停了一下，终于大胆说道："我昨天学校开游艺会，你也知道。"

"不错，我看见你了。"

我笑笑，希望他夸我小麻雀演得好，但是他好像顾不得这些了，他拉过我的手，很难过地说道："这地方我不能久待了，你明白不？"

我不明白，所以我直着眼望他，不点头，也不摇头。他又说："不要再到这儿找我了，咱们以后哪儿都能见着面，是不是？小妹妹，我忘不了你，又聪明，又伶俐，又厚道。咱们也是好朋友一场哪！这个给你，这回你可得收下了。"

他从口袋掏出一串珠子，但是我不肯接过来。

"你放心，这是我自个儿的，奶奶给我的玩意儿多啦！全让我给败了，就剩下这么一串小象牙佛珠，不知怎么，挂在镜框上，就始终没动过，今天本想着拿来送给你的，这是咱们有缘。小英子，记住，我可不是坏人呀！"

他的话是诚实的，很动听，我就接过来了，绕两绕，套在我的手腕上。

我还有许多话要跟他说呢，比如他的弟弟，昨天的游艺会。但是他扶着我的肩膀说："回去吧，小英子，让我自个儿再仔细想想。这两天别再来了，外面风声仿佛——唉，仿佛不好呢！"

我只好退出来了，我迈出破砖墙，不由得把珠串子推到胳膊上去，用袖子遮盖住，我是怕又碰见那个不认识的男人来要了去。

一天过去，两天过去，到了我到学校取暑假作业题目的日子了。

美丽的韩老师正在操场上学骑车，那是一件时髦又时髦的事情

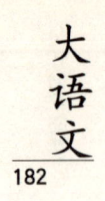

呀！只有韩老师才这么赶时髦。她骑到我的面前停下了，笑笑对我说："来拿作业呀？"我点点头。

"暑假要快乐地过，下学期很快就开学了，那时候，你作业做好了，你的新牙也长出来了，兴华门也可以通车了！"

她的话多么好听，我笑了，但是想起牙，连忙捂住嘴，可是太好笑了，我的新牙虽然没有长出来，可也要笑，我就哈哈地大笑起来，韩老师也扶着车把大笑了。

我和几个同学一路回家，向兴华门走，土坡已经移开了许多，韩老师说的不错，下学期开学，一定可以有许多车辆打这里通过，韩老师当然也每天骑了车来上课啦。她骑在车上像仙女一样，我在路上见了她，一定向她招手说："韩老师，早！"

走进新帘子胡同，觉得今天特别热闹似的，人们来来往往的，好像在忙一件什么事。也有几个巡警向胡同里面走去。又是谁家丢了东西吗？我的心跳加快了，忽然觉得有什么不幸。

越到胡同里面，人越多了。"走，看去！""走，看去！"人们都这么说。到底是看什么呢？

我也加紧了脚步，走到家门口时，看见家家的门都打开了，人们都站在门口张望，又好像在等什么，有的人就往空草地那面走去，大槐树底下也站满了人。

我家门墩上被刘平和方德成站上去了。宋妈抱珠珠也站在门口，妈妈却躲在大门里看,她这叫规矩。

"怎么啦,宋妈?"我扯扯宋妈的衣襟问。

"贼!逮住贼啦!"宋妈没看我,只管伸着脖子向前探望着。

"贼?"我的心一动,"在哪儿?"

"就出来,就出来,你看着呀!"

人们嗡嗡地谈着,探着头:"来啦!来啦!出来啦!"

我的眼前被人群挡住了,只看见许多头在攒动。人们从草地那边拥着过来了,我看见穿制服的巡警。

"就是他呀!这不是收买破烂铁的那小子吗?"

前面一个巡警手里捧着一个大包袱,啊!是那个油布包袱!那么这一定是他了,我拉紧了宋妈的衣角。

"好嘛!"有人说话了,"他妈的,这倒方便,就在草堆里窝赃呀!"

"小子不是做贼的模样呀!人心大变啦,好人坏人看不出来啦!"

一群人过来了,我很害怕,怕看见他,但是到底看见了,他的头低着,眼睛望着地下,手被白绳子捆上了,一个巡警牵着。我的手满是汗。

在他的另一边,我又看见一个人,那个在槐树下向我要铜佛像的男人!他手里好像还拿着两个铜佛像。

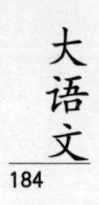

有人说:"这是那个便衣破的案,他在这儿憋了好几天了。"

"哪个是便衣?"有人问。

"就是那戴草帽儿的呀!手里还拿着贼赃哪!说是一个小孩儿给引的路才破了案……"

我慢慢躲进大门里,依在妈妈的身边,很想哭。

宋妈也抱着珠珠进来了,人已经渐渐地散去,但还有的一直追下去看。妈妈说:

"小英子,看见这个坏人了没有?你不是喜欢作文章吗?将来你长大了,就把今天的事儿写本书,说一个坏人怎么样做了贼,又怎样落得这么个下场。"

"不!"我反抗妈妈这么教我。

我将来长大了是要写一本书的,但决不是像妈妈说的这么写。我要写的是"我们看海去"。

导读

　　林海音（1918—2001），小名英子，当代作家。代表作有短篇小说集《城南旧事》《绿藻与咸蛋》《烛芯》《婚姻的故事》《春风丽日》，长篇小说《晓云》《孟珠的旅程》，散文集《冬青树》《作客美国》《窗》，儿童文学《金桥》《我们都长大了》《不怕冷的企鹅》等。

　　自1957年起，林海音陆续写回忆童年的小说，《惠安馆》《我们看海去》和《爸爸的花儿落了》等5个短篇，故事各自独立，但在时空、人物、叙述风格上连贯，组成了系列，后以《城南旧事》结集出版。小说跨越了时代背景和政治，以委婉温馨的笔触去描写人性和人类的命运，主人公英子以一双天真的眼睛，观察着20世纪20年代北平城南一四合院里发生的悲欢离合的故事。《我们看海去》讲的是英子与一个"小偷"的相识。天真烂漫的女孩儿英子还没有受过社会的熏染，她用纯洁的眼光看这世界，即使看到一个小偷，也不会用那种成人社会既定的鄙夷的眼光，直接判定小偷是坏人。因为孩童的善，她对劳苦弱者天然地充满了同情，对世俗成见的价值观因无法认同而深深地伤悲着，其清澈真挚的情感打动了每一位读者。英子作为一个懵懂的孩子，既是一个好奇的旁观者，又是故

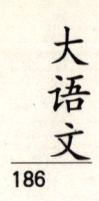

事的讲述主体，她体验着复杂的成人世界，并随之逐步成长。从这个角度看，本文也可以被称作一篇成长小说，虽然这成长的每一步都不得不经历别离的忧伤。

　　台湾著名作家高阳评论林海音的小说："不仅故事感人，她的文笔也令人击节赞叹：细致而不伤于纤巧，幽微而不伤于晦涩，委婉而不伤于庸弱。对于气氛的渲染，更是她的拿手好戏。"林海音和她的《城南旧事》将久远地回响在海峡两岸。

故乡的雷雨声[1]

[美国]鲍勃·莫尔德 著　曾国平 译

对于密西西比州的布兰登这地方来说,五月份就热成这样是不正常的。星期天上午,妻子帕特和我坐在我们平屋顶上喝咖啡,慢啜细品。南边地平线上,雷雨云很快聚成崇山峻岭似的云团。空中一丝风也没有,潮气很浓,手掌心都可以搓出水来。

喝完第二杯咖啡的时候,天色已经暗下来。闪电狂舞着划过地平线,雷声隆隆,遥远而低沉。不久,第一阵大雨扑来,把我们赶回屋里,恰逢电话响了。帕特拿起话筒,在这阴郁的天气里,她的脸上露出了绝无仅有的欣喜。

打来电话的是我们的儿子戴维——军用直升机飞行员。三个月前他自立谋生了,被派往韩国,执行任务一年,驻扎在非军事区附近。

戴维故意说得很高兴,反而使我们更清楚地感觉到了他的真实心境。二次大战期间,我作为一名士兵,把漫长的时间打发在南太

---

[1]选自《散文》,1990年第3期。

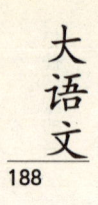

平洋的一个孤岛上，实在知道严重的思乡病有什么样的症状。

　　渐渐，交谈像良药一样提高了我们的情绪，接着，电话机旁的窗外响起了一声霹雳。

　　"什么声音？"戴维问，"炸弹吗？"

　　"没什么，打雷。"帕特说，"这里下雨都一个星期了。"

　　沉默。

　　"戴维，"我问，"你走了吗？"

　　"我在想妈妈说的话——'没什么，打雷'。可你们知道吗，我现在最想念的是什么？许多的士兵说他们所失去的是什么，是故乡的雷声。我们这里下雨、下雪、刮风，可从来不打雷。"

　　"爸，记得我小时候吗？"他接着说，"我们俩是怎样躺在地板上聆听雷鸣的？为了我不害怕，你是怎样谈笑风生的？"

　　"记得。"我说，努力克制自己，不让喉咙发哽。

　　"现在能和你一起听一听雷声就好了。"他轻轻地说。

　　刚刚打完电话，我就拿上我的磁带录音机、高尔夫大伞和一把木椅。"我去给儿子录下一些雷声。"我对帕特说。

　　"鲍勃，邻居们会说你疯了。"

　　"戴维不会。"我说，走了出去。

　　电光闪闪划过天空，如同焰火大表演，我坐在暴雨中的大伞下，录下了半小时密西西比最好的雷声，孤独的士兵永远也听不厌。第二天，我把磁带邮寄给戴维，简书：特别礼物。

　　三星期后，戴维又打电话来。这一次他已经心平气和。"爸，"他说，"你肯定想象不到我昨天晚上都干了些什么。我邀请朋友们到我房里举行了一次雷声晚会。听录音的时候，大家的反应都一样，开始是寂静，随后是一阵悲哀叹息，以为那是令人厌恶的战争之声。可当大家知道这是故乡的声音时，心情立即好转，我们如释重负，晚会变得非常愉快，真不知怎么说，这磁带对我来说意味着什么。"他还说："现在我安心了。谢谢你，爸！这礼物真的不落俗套，乡音解乡愁啊。"

　　帕特和我也获得一种特别的回报。戴维在韩国的余下来的八个月里，我们发现自己竟在渴望着暴雨，再也不因把它们当作倒霉的天气而感到压抑愁闷了，我们开始对暴风雨另眼相待。每一阵隆隆的雷声，都缩短了我们与远离家门的儿子之间的距离。

　　哪怕雷声响在明尼苏达——如今戴维当战斗机教练员的地方，它仍然是天赐神授。雷声告诉我们，无论我们在世界什么地方，我们总是心心相连的一家。

导读

《故乡的雷雨声》一文，围绕"雷雨声"表达了士兵强烈的思乡之情，以及父母和儿子之间浓浓的亲情。文章篇幅短小，情节紧凑，语言贴切。

作品从雷雨写起，引出话题，同时为表达人物的心情服务，如"在这阴郁的天气里，她的脸上露出了绝无仅有的欣喜"。在这样糟糕的天气里，人的心情也是低沉压抑的，但只因接到了被派往国外执行任务的儿子的电话，不快的情绪便一扫而空。因此，关于天气的铺陈，是因表达情感的需要。

儿子打电话时，故意说得很高兴，父亲深知那并不是儿子的真实心境，因为自己在二次大战期间作为一名驻扎在一个孤岛上的士兵时，同样患着严重的思乡病。这一笔洞察性的描写，既表现了儿子为父母着想，掩饰自己抑郁的情绪，又表现了父亲理解儿子的痛苦，观察、体验细微。"交谈像良药一样提高了我们的情绪"，通过比喻，暗示了刚才的情绪是低落的，同时表达了一家人通过电话交谈的欣慰、幸福的心情。

"接着，电话机旁的窗外响起了一声霹雳"这一句，既推动了情节的发展，重新续接起"雷雨"的话题，又似"文眼"镶嵌在作品里。有了这颗"眼睛"，文章顿时被擦亮了，常见而又抽象的文学主题"思乡、厌战、和平、亲情"，因之显得具体且不落俗套。

人生旅途上的锦囊

没有智慧的生命，就如同没有阳光的人生。智慧其实是一种境界，是广阔的胸怀，是渊博的知识，是精明的头脑，是机智的反应，是敏锐的行动，是幽默的语言……智慧无处不在，不同的人，不同的时空，不同的事物，智慧呈现的形式各有不同。而最为关键的是，智慧需要你懂得，自己的人生须得自己去开创、思考和体味。

审　驴[①]

　　古时候，有一个穷人叫王五，因为他排行第五。他有一头驴，他用它运干柴和木炭，他以自己的双手养活别人，而驴背又养活了他。王五爱护自己的驴简直就像爱护珍宝一样，他饮驴、喂驴，还给驴割草吃。由于他的悉心照料，这头驴的皮十分光滑，毛色发亮。无论谁见到，都要夸奖一番：

　　"这简直是一头四条腿的宝贝啊！"

　　这头驴脾气很倔，当然，驴毕竟是驴嘛！它从早到晚跺脚，不要休息。别的驴顶多能驮一百二十斤，可这头驴却能驮二百四十斤，别的驴驮一趟，它能驮两趟。

　　一天，王五让驴驮了木炭到小市镇上去卖，他把驴拴在大门口，自己背了一袋木炭去卖了。等他返回时，驴没有了。拴在树上的是另外一头又瘦又难看的驴子。王五惊慌起来，东奔西走，到处寻找，

[①] 选自《世界民间童话选》，江苏少年儿童出版社，1991年版。

就是没找到驴,这驴真是影踪全无。王五懊恼极了,又气又恨,他把这头不好的驴牵去见包法官上告,可是不知道被告该是谁。他想来想去,决定告这头瘦弱的驴。

包公来到公堂,开始审理案件。轮到王五时,他下令衙役将被告带上来,就骂开了:

"呔①!你来自何方?竟然胆敢冒用他人的名字,冒充他人!"

驴耷拉着脑袋,一声不吭。

包公比先前更加恼怒,他把惊堂木一拍,大声喊道:

"王朝,马汉!赶紧把嘴套给驴套上!不要给它吃,不要给它喝!把它严严实实地关上三天!到时我再来审它!"

衙役们差点儿没笑出声来。至于站在法官旁边的那些人,以及站在下面大堂上的那些人当然不敢笑了。衙役们只好遵命,他们把这头瘦弱难看的驴被告关进了空荡荡的圈栏。与此同时,这个消息向四面八方传开了,人们都十分吃惊,这是有生以来闻所未闻的奇案。到了第三天,又升堂了。这次,到庭听审的不止是几百号人,而是有好几千人了,他们个个都想来看看热闹。

三通鼓罢,包公升堂,他坐上了法官的宝座。听差们立即把驴牵来了,这驴的嘴已陷下去了,脑袋低着,看上去怪可怜的。包公一拍惊堂木,大声叫道:

"喂,当差的!给这头蠢驴打四十大板,要用劲打!"

---

①呔:叹词,突然大喝一声,使人注意。

"是！"衙役们齐声答道，纷纷拿起板子痛打驴子。

十下，二十下，三十下，足足打了四十下。末了，包公下令道："现在把它放了，随它爱上哪就上哪。"

这头弱驴被关了三天，三天没吃，三天没喝，挨了四十大板，受够了惊吓。可它飞奔出这个公堂，跑得那个快啊，一下子就不见了。

包公随即命令一个听差和王五一起跟踪前去，看个究竟：看它跑进哪一家去，那家就是它的主人，也就是偷走王五的好驴而把自己的瘦驴留下的那个小偷。

王五便和听差跟踪前去了，跟他们一起去的还有许许多多看热闹的人。他们走了整整十五里，看到那头驴跑进了某个田庄的一个主人家，人们跟着驴走了进去，当然，他们在那里找到了王五被偷走的那头驴，也捉住了那个小偷。

导读

本文主要讲述王五的好毛驴在市镇被人偷换成一头瘦驴后,王五气愤地到官府报了案,而包公运用智慧,使用计谋,从毛驴身上找到突破口,巧妙地破了这桩案子的故事。故事虽短,却充满了传奇色彩。包公不费吹灰之力就找到了王五被偷走的那头好驴,也捉住了那个小偷。而小偷其实也使用了计谋,他以为驴不会说话,自己做得天衣无缝,却聪明反被聪明误。整个故事情节跌宕起伏,作者在叙述故事的时候,并没有平铺直叙,而是制造了一个又一个疑团,让读者不禁跟随他的笔触去阅读。包公在审驴的过程中深思熟虑,体现了他的足智多谋。

本文运用了大量的语言、动作、表情描写,推动了故事情节的发展。请细细体会这些描写的妙处。

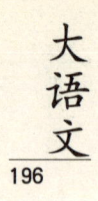

荒岛余生[1]

[英国]丹尼尔·笛福 著 徐霞村 译

  我认为自己的前途很暗淡，因为，我既然被凶猛的风暴完全刮出了原定的航线，远离人类贸易正常航线好几百海里以外，流落到这个荒岛上，那么，我就有充分的理由认为这是老天爷的意思，要我在这个孤零零的地方，在这种孤独凄凉的情况下度过我的余生。一想到这些，我的眼泪就不由得夺眶而出。有时我会发出疑问，为什么苍天要这样作践他所造出的生灵，害得他这样不幸，这样孤立无援，这样沮丧无聊，以致使人找不出理由对这种生活产生感谢的心情？

  可是，每当我这样想的时候，就有另一种力量出来阻止我的这种想法，责备我。特别是有一天，我带着枪在海边散步，寻思着我目前的处境的时候，我的理智就用反面的理由劝解我。"不错，你现在处境很孤寂，一点儿不假，可是请你想想，还有同你一起的那

---

[1] 节选自《鲁滨孙漂流记》，人民文学出版社，1959年版。

些人，他们都往哪儿去了？你们一同上小船的，不是11个人吗？那10个人往哪儿去了？为什么他们都没有保住性命，只剩下你？是这里好呢，还是那里好？"我指着海面说。当遇到坏事的时候，我们应当考虑到其中所包含的好事，同时也应当考虑到更坏的情况。

于是我又想到，我这时所拥有的维持生活的东西，是多么充足。万一那只大船没有从它搁浅的地方浮起来，漂到海边，让我有时间把那些东西取出来，我又该怎样？假定我现在还像我初上岸的时候一样，没有一点儿生活必需品，也没有制造或获取生活必需品的工具，我的情形又会怎么样？"特别是，"我大声对自己说，"如果我没有一杆枪，没有弹药，没有制造物品的工具，没有衣服、卧具、帐篷，或任何遮盖的东西，我又怎么办呢？"可是现在，这些东西相当充足，即使将来我的弹药用完了，我还是可以活下去的。我相信我这一生是不会有冻饿之虞①的，因为我老早就考虑到怎样预防意外的事故，考虑到将来的日子，不但考虑到我的弹药用完以后的情况，甚至想到我的身体和精力衰弱以后的情况。

现在我要开始过一种世界上闻所未闻的忧郁而寂寞的生活了，所以我要把它的经过从头至尾按着次序记下去。依我的计算，我来到这个可怕的海岛上，是在9月30日。当时，那初入秋分②线的太阳，差不多正在我的头顶，所以依我的观测，我是在北纬③9度22分。

大约在我上岸十一二天之后，我忽然想到，既然缺乏书、笔和

---

①虞：忧虑。
②秋分：二十四节气之一，在9月22日、23日或24日。这一天南北半球昼夜都一样长。
③北纬：地球表面南北距离的度数称为纬度。以赤道为0°，以北是北纬，以南是南纬，南北各90°。

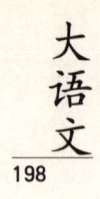

墨水，我一定会忘记计算日期，甚至连安息日①和工作日都会忘记。为了防止这样，我便用刀子在一个大柱子上刻上这几个字：我于1659年9月30日在此上岸。我把它做成一个大十字架，立在我第一次上岸的地方。在这个方柱的两边，我每天用刀子刻一个斫②痕，每七天刻一个大一倍的斫痕，每一个月刻一个再大一倍的斫痕，这样，我就有了一个日历，可以计算年月日了。

  其次应该提到的是，在我历次从船上搬下来的许多东西中，我还弄到了一些价值不大而用处却不小的东西，我却忘记把它们一一记下来。特别值得一提的是那些笔，墨水，纸，船主、大副、炮手和木匠的几包东西，三四个罗盘，一些数学仪器，日晷③、望远镜、地图、航海书籍之类。这些东西，我当时也不管它们有用无用，都把它们收拾在一起。同时，我又找到了三本很好的《圣经》，它们是随着我的英国货物一起运来的，在我上船的时候，我曾把它们装在我的行李里面。此外还有几本葡萄牙文书籍，其中有两三本祈祷书和几本别的书籍，我都把它们小心地保存起来。同时还有一件不应该忘记的事情，就是我们船上还有一条狗和两只猫，关于它们的历史，我下面还要谈到。我把两只猫都带到岸上；至于那条狗，它是在我第一次搬东西上岸的第二天自动跳下船来，泅到岸上，来找我的，后来做了我多年的忠仆。我并不想它替我衔什么东西，也不想它替我做个什么伴，我只想它同我说说话，但是它办不到。自从

①安息日：据《圣经》记载，上帝在六日内创造天地万物，第七日完工休息。犹太教尊这天为圣日，名叫安息日。这一天礼拜上帝，不做其他工作。
②斫：砍，削。
③日晷：利用太阳投射的影子来测定时刻的装置。

找到笔、墨水和纸以后，我用得非常节省。事实证明，如果有墨水，我就可以把事情记得非常清楚；如果墨水用完了，我就记不成了，因为我想不出任何方法制造墨水。

这使我想到，虽然我收集了这么多的东西，但我所缺少的东西还很多，墨水就是其中的一种，其余像挖土或搬土用的铲子、鹤嘴镐、铁锹，以及针线等我都没有。至于内衣之类，虽然缺乏，但我不久便习惯了。

这些工具的缺乏使一切工作都进行得非常吃力，所以我差不多费了一整年的工夫，才把我的小小的木栅栏围墙做完。那些木桩都很重，很不容易搬动，我费了很长久的时间，才在树林里把它们砍好削好。至于把它们搬回来，那就更费时间了。因此有时我差不多要费两天的工夫把一根木桩砍好，搬回来，第三天才把它打进泥土里面去。至于打桩的工具，我起初找了一块很重的木头，后来才想到用一根起货用的铁棒，可是，用虽用了，打木桩的工作还是非常辛苦、非常麻烦。

其实我有的是时间，工作麻烦一点儿又何必介意呢？况且，如果这件工作做完了，我一时还看不出有什么别的事情要做，无非是在岛上各处走走，寻找食物罢了——这是我每天多少都要做的。

我现在开始郑重其事地考虑我目前的情形和环境，把我每天的经历一一用笔记下来。我这样做，为的不是留给后来的人看（因为我不相信以后会有人到这荒岛上来），只不过写出来给自己每天看看，减轻一点儿心中的苦闷罢了。我的理智现在已经能够逐渐控制我的失望心情，因此我开始尽量安慰我自己，把当前的好处和坏处加以比较，使自己能够知足安命，并按照商业簿记上"借方"和"贷方"的格式，把我的幸与不幸、好处与坏处公正地排列出来。

坏处：

我陷在一个可怕的荒岛上，没有重见天日的希望。

我现在被剔出来，与世隔绝，困苦万状。

我与人类隔绝，仿佛一个隐士，一个流放者。

我没有衣服穿。

我没有抵御野人和野兽的袭击的防御力和手段。

我没有人可以谈话，也没有人来解除我的愁闷。

好处：

但我还活着，没有像我同船的伙伴们一样，被水淹死。

但我也从全体船员中被剔出来，独免一死。上帝既然用神力把我从死亡里救出来，一定也会救我脱离这个境地。

但我并未因为没有粮食，饿死在这不毛之地。

但我是在一个热带气候里，即使有衣服，也穿不住。

但我所流落的岛上，没有我在非洲看到的那种野兽。假使我在那里覆了舟，又将怎样？

但上帝却不可思议地把船送到海岸附近，使我可以从里面取出许多有用的东西，使我终生用之不尽。

总起来说，事实证明，我当前的不幸处境，是世界上很少有的，可是，即使在这样的处境中，也有一些消极的东西或积极的东西值得感谢。我希望世上的人都要从我最不幸的处境中取得一个经验教训，这教训就是：在最不幸的处境之中，我们也可以把好处和坏处对照起来看，从而找到聊以自慰的事情。

现在我对于自己的处境已稍稍有了好感，不再整天把眼睛望着海面，等待有什么船来。我已经把这种心思丢在一边，开始一心一意去安排自己的生活，尽量改善自己的生活了。

导读

　　丹尼尔·笛福（1660—1731），英国小说家。他从59岁才开始写小说，第一部作品《鲁滨孙漂流记》一发表就大受欢迎。作者善于描写个人在不利的环境中怎样去一步一步克服困难。18世纪欧洲最杰出的思想家卢梭曾建议每个成长中的青少年都应该读一读这本书，它能够启发人们去思考生命的意义和价值。因此，《鲁滨孙漂流记》又被称为"生活的教科书"。

　　《鲁滨孙漂流记》讲述了主人公鲁滨孙不愿享受富裕、安乐的生活，私自离开家去航海冒险的经历。一次在海上遇难，他独自漂流到一个无人岛上。开始很悲观，后来为了生存，他克服了种种意想不到的困难，靠顽强的意志和自己掌握的科学知识，在岛上生活了28年，终于遇救返回了故乡。本篇节选自该小说，反映了主人公刚漂泊到荒岛时的心情与生活。鲁滨孙不仅有聪明才智，充满活力，还不信天命，只相信"常识"，在那个时代难能可贵。鲁滨孙并未做出什么惊天动地的大事情，而只是和我们一样生活着。但这些枯燥琐碎的细节却又是鲁滨孙每一天同困境对抗的过程，黑暗、饥饿、恐惧、孤独，这些都没能打倒他。"作为一个人，首先应该学会的便是如何去生存。"鲁滨孙最令人感动的，是他的信心、他的毅力，以及他的坚强。他是一个战胜命运的人，坚强可以战胜世界上的任何一座高峰，人活着就要和命运挑战。另外，《鲁滨孙漂流记》不只是一本描写历险的书，还讲述了一个人对生命、人生的抉择。在我们的人生中，会遇到许多交叉的小径，是通向光明还是黑暗，这些都是我们必须做出选择的。鲁滨孙选择的是航海，一种让他有家不能回、无人陪伴的生活，但在其中他也有所收获，学会了生存，赢得了友谊。当然，代价是独自度过了近三十年的生活。或许有人认为不值得，但又有谁能说他做出的选择是不幸福的呢？人生是一道永远没有答案的谜题，我们每个人只要坚信在选择人生道路时大胆但不失慎重，便能做出真正的抉择。

草船借箭[1]

张寿臣 著

有的人拿诸葛亮当神仙，这是个大错。世上没有神仙，诸葛亮也是人。可是他怎么会算呢？这是学问。草船借箭就包括好几门学问，短一样儿，箭也借不成。都有什么学问呢？天文学、地理学、心理学，最重要的是算学。天文学用在哪里呢？他应了周瑜三天交箭。他知道第二天夜里有雾，箭准能借来。这门学问不是迷信，咱们现在就有。什么呢？就是气象台。明天什么天气，今天就报告了。诸葛亮就有这门学问，故此应周瑜三天交箭。地理学呢？下雾的时候瞧不见对方的营盘，他来到这儿很多日子了，早就看好地点了。他这二十只船往敌人大营里去，天下着大雾，船在江心走，是顺流，是逆流，哪边的风，都有一定的时间，掌握不好不行。离敌人近了，敌人有哨船，一包围就成了俘虏了。离远了，敌人放的箭他这儿得不着。不远不近，传令把二十只船停住了，一字排开，击鼓鸣锣，这就是

---

[1] 选自《中国传统相声小段汇集》，文化艺术出版社，2002年版。

地理。心理学最要紧，就是揣度人的心理。周瑜的心理是想法子杀诸葛亮。可是诸葛亮又不能躲开，躲开，自己的事就不能成功了。这叫居于虎口，稳如泰山。派他造箭，他就应了。箭交上去你还能杀我吗？鲁肃是什么心理呢？他是个忠厚长者，不知就里，借什么有什么。曹操是什么心理呢？夜间下大雾，敌人击鼓鸣锣，怕是偷营劫寨，所以他只准放箭。这三样学问，少一样也不行。可是还有一样最高、最重要的学问就是算学。算学要是不好，绝不能成功。怎么讲呢？他得交给周瑜十万支箭，只许多不许少。除去损坏的要十万出头，那坏了的得去三分之一，至少总数也得够十五六万支。再一支箭按四两计算，这十六万支得多少斤哪！可有了重量了。这船是在水里，对着敌人方面的草人中箭了，背着敌人这一面没有箭。如果十六万支箭全放在一面的话，这船是沉定了。可不是嘛！船一偏，水进去了，不就沉了吗？故此把算术得掌握好了。这面够八万支了，传令调头，够十六万支了才能成功。这个算学怎么算呢？诸葛亮算账，《三国演义》原文上也有；唱的戏，《群英会》上也有；大鼓上也有。可是谁也没在这上头注意。诸葛亮在船舱和鲁肃喝酒的时候，这个账就算了。他给鲁肃斟了一杯酒，鲁肃害怕，一点儿也没喝，趴在桌上装睡觉。就以这杯酒当作测量的标准，酒只斟了七成满。外边，对着敌人这一面，草人上中箭越来越多，船也越来越偏。这船一偏，杯中酒也就偏了，等里边的酒偏到杯边上啦，这八万支箭就够了。

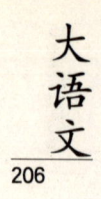

再多了这酒就洒出来了。酒一流出来,那水也就进船了,到这时传令船只调头。带箭的这一面到背面来了。空草人面对敌人了。空草人中箭越来越多,酒杯呢,也越来越端正了。直到酒杯完全平了,十六万支也够数了。天亮雾收,传令回去。

导读

张寿臣（1899—1970），评书演员、相声艺术家。1929年张寿臣就已获得了"幽默大师"的称号，至今被尊为相声大王。历经离乱时代的他饱经生活的沧桑，谙熟世态炎凉，因此得以思想深沉、目光犀利。他创造了许多优秀的单口、双口作品，充分又含蓄地触及了生活的本质，为相声贡献了一批堪入文学之林的名篇。

自宋代说话艺术兴盛以来，相声就逐渐成为"说话"的一种色调，表现着国人乐观开朗的人生观及历史观。相声作品讲究绘声绘色，作者须有丰富的社会常识和生活阅历。相声到了张寿臣这一代，与生活的关系更加密切，相声的现实主义讽刺传统也愈发自觉。相声真正成为一门市民艺术。张寿臣相声的特色，一是"垫话"非常出色，往往从身边琐事、市井世态入手，自然而然地把人们引到中心主题，做到"借趣闻于前朝，发讽刺于当代"；二是运用"包袱"铺垫平稳、翻抖自然，在稳重的基础上显示出潇洒。《草船借箭》作为他的名作之一，完全可以独立成篇，从中我们可以看出张寿臣的描绘以细腻见长，即使取材于民间的传统题材，也会融进丰富的现实内容。这样的作品早已超越了单纯的愉悦功能，具有了百听不厌的传世魅力。

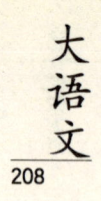

英雄与时势

萧乾 著

年轻时血气方刚，喜欢跟人抬杠：从先有鸡还是先有蛋一直抬到究竟是时势造英雄抑或英雄造时势。饱经沧桑进入暮年，就懂得天下事都不宜也不必说得那么绝对。精力过于充沛没地方使的时候，抬抬杠倒也无妨：既可消磨一下多余的精力，又能获得战胜了对方的满足。而今，躯体里剩下的精力已无几，再也没有那种兴致了。

1940年7月，当丘吉尔下令封锁中国抗战唯一的对外孔道滇缅公路时，英国正义人士群起抗议这种短见的自私行为。由于我是在英国唯一采访并报道过滇缅路的记者，英国援华会就安排我赴各地演讲。我主要谈的是滇缅路对中国抗日战争的重要性。结论中，自然也不能不痛斥丘吉尔的不义之举，并指出，他实际上是在掐中国的咽喉，并助长日本在远东的侵略。英国迟早必然会自食其果。

毫无疑问，那是一种卑劣行径，说明国际间，即使在面对同一法西斯敌人时，也只顾各自的利益，谈不上什么讲求正义。没有珍珠港事件，美国也不会参战。

然而在开战 7 个月后，当英军从挪威溃败下来的千钧一发之际，英国中流换马，撤掉软骨头的张伯伦，让铮铮铁汉丘吉尔挑起大梁，确实是扭转战局的关键的一步棋。

正如我在《1940 年欧洲稗史大观》一文中所写的，当时日本横滨银行驻伦敦分行的经理加纳子爵已预言，不出 3 个月，英国就将挂白旗向纳粹屈膝投降。美国驻英大使肯尼迪也公然发表谈话说，民主主义在英国已寿终正寝，纳粹接管只是时间问题。英国的败北主义者更是不断造谣惑众，说圣诞节就将停火。但是丘吉尔上台后，用一个大大的"不"字，粉碎了一切和平幻想。犹如罗斯福总统每星期五对美国广播听众的《炉边恳谈》一样，那时，丘吉尔也于每星期一晚 7 点，通过电台对广大群众发表亲切的谈话。我还记得，他曾用发颤的语音对英国公众说："我能奉献给你们的，只有热血、汗水和眼泪。"略顿片刻，他又带着蔑视和坚定的自信补上一句："我们正等待着德国人过来呢——连海里的鱼也在等着。"

1940 年英国陷于危在旦夕的"时势"不是丘吉尔之过，毋宁说那是希特勒那个混世魔王一手造成的。然而丘吉尔以破釜沉舟的果断毅力，凭他那宁为玉碎，不为瓦全的浩然之气，发自肺腑的感人誓言，再加上那把食指和中指叉成 V 字形（表示胜利）的手势，的

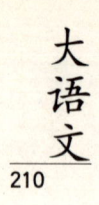

确将四千余万英国人动员起来，扭转了乾坤。

倘若误国误民的投降主义者张伯伦依然掌着舵，那后果就不堪设想了。在这个意义上也可以说英雄造了时势，使得1944年6月联军有可能从诺曼底大举反攻，从腹背夹攻纳粹歹徒，最终直捣柏林。

然而在1945年7月的英国大选中，丘吉尔竟落选了。当时有不少人想不通。当看到坐在波茨坦无忧宫三强会议英国席上的首席代表是平庸的艾德礼时，我也曾深惑不解：英国选民怎么忍心抛弃力挽过狂澜的英雄呢！现在回想起来，英国选民的抉择是很有道理的。

首先，杰出的军事家未必就是伟大的政治家。军事家讲究兵不厌诈，为政则首先要取信于民。军事上完全可以不问三七二十一，凭借火力先压倒对方再说。政治家可不能光图痛快，追求声势，一时心血来潮，那会造成不可挽回的后果。每走一步，政治家都必须瞻前顾后，切忌随性之所至。

人们不曾忘记战时丘吉尔的许许多多博得喝彩的演讲。当天空布满乌云时，他说过："有人问我们的目的何在，我们的目的就是胜利，不顾恐怖地求得胜利。不怕路途遥远和艰难，必得争取胜利，因为不胜利就没有生存。"1940年6月22日法国投降那天，他说："我们不能松懈，不能失败。我们要抗战到底。我们要在海洋上作战，不顾一切牺牲，保卫我们的国土，永不屈服。"大反攻得手后，他又说："走向胜利的道路也许不像我们想象的那么遥远了，但是我们无权这么想。不管远近，不问难易，我们要走到道路的尽头。"

他的豪言壮语，他在战时的众多果断措施，特别是在希特勒转过头来打苏联时，一生反共、十月革命时还曾帮过白军的他，能马上联苏，下令英国军火工厂优先为东线生产武器，这都是极为英明的。自然，他是绝对从英国本身的利益出发的，但毕竟具有远见。

然而英国选民断定这位出身贵族世家、曾发誓"我当首相一天，就不会让任何人染指大英帝国"的丘吉尔，与人们普遍渴望民主自由、亚非拉各大小殖民地都纷纷要求独立平等的战后世界，是不相适应的。工党没有丘吉尔那样的显赫人物，但拿得出一份给英国以生活保障的"贝沃里治计划"，因而选民们就毅然抛弃了那不可一世的丘吉尔。于是，有着汗马功劳的丘吉尔不能居功恋栈，只好乖乖地从唐宁街10号卷了铺盖。他甘心吗？在资产阶级议会政治的那套机器下，他别无选择。六十年代，倒是另一个保守党政客——在军事上从未立过功勋的麦克米伦，识时务，顺潮流，承认"改革之风不可逆"，从而拯救了保守党，也拯救了英国。

在战时，丘吉尔是英雄，因为他顺应了时势，推动了历史。在另一情况下，英雄也可能成为历史进程中的绊脚石。

英雄者，识时务者也。

导读

萧乾（1910—1999），中国现代记者、文学家、翻译家。主要作品有《篱下集》《一个中国记者看二战》，译作《尤利西斯》等。

《英雄与时势》一文通过丘吉尔在战争和政治竞选中地位的变迁，说明了英雄是顺应了时势、推动了历史发展的人，但他也会成为历史的绊脚石，最终被历史的大潮淘汰的道理。

这篇文章论证严密。萧乾先是通过年轻时对"英雄和时势"的争论，表明了暮年时的立场，"天下事都不宜也不必说得那么绝对"。在文章的主体部分以丘吉尔为例进行论证，在论证过程中，萧乾结合自身经历，使论述显得真实可信和富有说服力。作者对丘吉尔在军事上和政治上地位的变迁进行了评论，得出了军事家和政治家不同的论断，然后又通过引用演讲词和实例进行论证，最后得出结论，"英雄者，识时务者也"。

本文采用叙议结合的手法，历史事件具体生动，论证具有说服力，思想富有深刻的哲理性，在论述过程中，既有作者的亲身经历和个人看法，也有历史上真实的历史事件和文字记载，运用主观和客观相结合的手法，一步步进行严密的论证。

命运交叉的小径

纵有千古，横有八荒，所行道也。道看似离我们很遥远，其实就在我们身边。正因为它的无所不在，通达无限，因此道具有了一种永恒的性质和魅力，引得追求智慧的人无尽地求索与遐思。人们也只有通过自身的探索，了悟天地的奥秘，才能更好地掌握命运。

命若琴弦[1]

史铁生 著

莽莽苍苍的群山之中走着两个瞎子,一老一少,一前一后,两顶发了黑的草帽起伏蹽动,匆匆忙忙,像是随着一条不安静的河水在漂流。无所谓从哪儿来,也无所谓到哪儿去,每人带一把三弦琴,说书为生。

方圆几百上千里的这片大山中,峰峦叠嶂,沟壑纵横,人烟稀疏,走一天才能见一片开阔地,有几个村落。荒草丛中随时会飞起一对山鸡,跳出一只野兔、狐狸,或者其他小野兽。山谷中常有鹞鹰盘旋。

寂静的群山没有一点儿阴影,太阳正热得凶。

"把三弦子抓在手里。"老瞎子喊,在山间震起回声。

"抓在手里呢。"小瞎子回答。

"操心身上的汗把三弦子弄湿了。弄湿了晚上弹你的肋条?"

"抓在手里呢。"

---

[1] 选自《史铁生作品集》,中国社会科学出版社,1995年版。

老少二人都赤着上身，各自拎了一条木棍探路，缠在腰间的粗布小褂已经被汗水洇湿了一大片。蹚起来的黄土干得呛人。这正是说书的旺季。天长，村子里的人吃罢晚饭都不待在家里；有的人晚饭也不在家里吃，捧上碗到路边去，或者到场院里。老瞎子想赶着多说书，整个热季领着小瞎子一个村子一个村子紧走，一晚上一晚上紧说。老瞎子一天比一天紧张、激动，心里算定：弹断一千根琴弦的日子就在这个夏天了，说不定就在前面的野羊坳。

暴躁了一整天的太阳这会儿正平静下来，光线开始变得深沉。远远近近的蝉鸣也舒缓了许多。

"小子！你不能走快点吗？"老瞎子在前面喊，不回头也不放慢脚步。

小瞎子紧跑几步，吊在屁股上的一只大挎包叮啷哐啷地响，离老瞎子仍有几丈远。

"野鸽子都往窝里飞啦。"

"什么？"小瞎子又紧走几步。

"我说野鸽子都回窝了，你还不快走！"

"噢。"

"你又鼓捣我那电匣子呢。"

"嘿！鬼动来。"

"那耳机子快让你鼓捣坏了。"

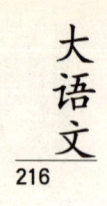

"鬼动来!"

老瞎子暗笑:你小子才活了几天? "蚂蚁打架我也听得着。"老瞎子说。

小瞎子不争辩了,悄悄把耳机子塞到挎包里去,跟在师父身后闷闷地走路——无尽无休的无聊的路。

走了一阵子,小瞎子听见有只獾在地里啃庄稼,就使劲学狗叫,那只獾连滚带爬地逃走了,他觉得有点开心,轻声哼了几句小调儿,哥哥呀妹妹的。师父不让他养狗,怕它受村子里的狗欺负,也怕它欺负了别人家的狗,误了生意。又走了一会儿,小瞎子又听见不远处有条蛇在游动,弯腰摸了块石头扔过去,哗啦啦一阵高粱叶子响。老瞎子有点可怜他了,停下来等他。

"除了獾就是蛇。"小瞎子赶忙说,担心师父骂他。

"有了庄稼地了,不远了。"老瞎子把一个水壶递给徒弟。

"干咱们这营生的,一辈子就是走。"老瞎子又说,"累不?"

小瞎子不回答,知道师父最讨厌他说累。

"我师父才冤呢。就是你师爷,才冤呢,东奔西走一辈子,到了没弹够一千根琴弦。"

小瞎子听出师父这会儿心绪好,就问:"什么是绿色的长乙(椅)?"

"什么?噢,八成是一把椅子吧。"

"曲折的油狼（游廊）呢？"

"油狼？什么油狼？"

"曲折的油狼。"

"不知道。"

"匣子里说的。"

"你就爱瞎听那些玩意儿。听那些玩意儿有什么用？天底下的好东西多啦，跟咱们有什么关系？"

"我就没听您说过，什么跟咱们有关系。"小瞎子把"有"字说得重。

"琴！三弦子！你爹让你跟了我来，是为让你弹好三弦子，学会说书。"

小瞎子故意把水喝得咕噜噜响。

再上路时小瞎子走在前头。

大山的阴影在沟谷里铺开来。地势也渐渐地平缓、开阔。

接近村子的时候，老瞎子喊住小瞎子，在背阴的山脚下找到一个小泉眼。细细的泉水从石缝里往外冒，淌下来，积成脸盆大的小洼，周围的野草长得茂盛，水流出去几十米便被干渴的土地吸干。

"过来洗洗吧，洗洗你那身臭汗味。"

小瞎子拨开野草在水洼边蹲下，心里还在猜想着"曲折的油狼"。

"把浑身都洗洗。你那样儿准像个小叫花子。"

"那您不就是个老叫花子了？"小瞎子把手按在水里，嘻嘻地笑。

老瞎子也笑，双手掏起水往脸上泼："可咱们不是叫花子，咱们有手艺。"

"这地方咱们好像来过。"小瞎子侧耳听着四周的动静。

"可你的心思总不在学艺上。你这小子心太野。老人的话你从来不着耳朵听。"

"咱们准是来过这儿。"

"别打岔！你那三弦子弹得还差着远呢。咱这命就在这几根琴弦上，我师父当年就这么跟我说。"

泉水清凉凉的。小瞎子又哥哥呀妹妹地哼起来。

老瞎子挺来气："我说什么你听见了吗？"

"咱这命就在这几根琴弦上，您师父我师爷说的。我都听过八百遍了。您师父还给您留下一张药方，您得弹断一千根琴弦才能去抓那副药，吃了药您就能看见东西了。我听您说过一千遍了。"

"你不信？"

小瞎子不正面回答，说："干吗非得弹断一千根琴弦才能去抓那副药呢？"

"那是药引子。机灵鬼儿，吃药得有药引子！"

"一千根断了的琴弦还不好弄？"小瞎子忍不住咻咻地笑。

"笑什么笑！你以为你懂得多少事？得真正是一根一根弹断了

的才成。"

　　小瞎子不敢吱声了，听出师父又要动气。每回都是这样，师父容不得对这件事有怀疑。

　　老瞎子也没再作声，显得有些激动，双手搭在膝盖上，两颗骨头一样的眼珠对着苍天，像是一根一根地回忆着那些弹断的琴弦。盼了多少年了呀，老瞎子想，盼了五十年了！五十年中翻了多少座山，走了多少里路哇，挨了多少回晒，挨了多少回冻，心里受了多少委屈啊。一晚上一晚上地弹，心里总记着，得真正是一根一根尽心尽力地弹断的才成。现在快盼到了，绝出不了这个夏天了。老瞎子知道自己又没什么能要命的病，活过这个夏天一点儿不成问题。"我比我师父可有运气多了，"他说，"我师父到了没能睁开眼睛看一回。"

　　"咳！我知道这地方是哪儿了！"小瞎子忽然喊起来。

　　老瞎子这才动了动，抓起自己的琴来摇了摇，叠好的纸片碰在蛇皮上发出细微的响声，那张药方就在琴槽里。

　　"师父，这儿不是野羊岭吗？"小瞎子问。

　　老瞎子没搭理他，听出这小子又不安稳了。

　　"前头就是野羊坳，是不是，师父？"

　　"小子，过来给我擦擦背。"老瞎子说，把弓一样的脊背弯给他。

　　"是不是野羊坳，师父？"

　　"是！干什么？你别又闹猫似的。"

小瞎子的心扑通扑通跳，老老实实地给师父擦背。老瞎子觉出他擦得很有劲。

"野羊坳怎么了？你别又叫驴似的会闻味儿。"

小瞎子心虚，不吭声，不让自己显出兴奋。

"又想什么呢？别当我不知道你那点心思。"

"又怎么了，我？"

"怎么了你？上回你在这儿疯得不够？那妮子是什么好货！"

老瞎子心想，也许不该再带他到野羊坳来。可是野羊坳是个大村子，年年在这儿生意都好，能说上半个多月。老瞎子恨不能立刻弹断最后几根琴弦。

小瞎子嘴上嘟嘟囔囔的，心却飘飘的，想着野羊坳里那个尖声细气的小妮子。

"听我一句话，不害你，"老瞎子说，"那号事靠不住。"

"什么事？"

"少跟我贫嘴。你明白我说的什么事。"

"我就没听您说过，什么事靠得住。"小瞎子又偷偷地笑。

老瞎子没理他，骨头一样的眼珠又对着苍天。那儿，太阳正变成一汪血。

两面脊背和山是一样的黄褐色。一座已经老了，嶙峋瘦骨，像是山根下裸露的基石。另一座正年青。老瞎子七十岁，小瞎子才十七。

小瞎子十四岁上父亲把他送到老瞎子这儿来，为的是让他学说书，这辈子好有个本事，将来可以独自在世上活下去。

老瞎子说书已经说了五十多年。这一片偏僻荒凉的大山里的人们都知道他：头发一天天变白，背一天天变驼，年年月月背一把三弦琴满世界走，逢上有愿意出钱的地方就拨动琴弦唱一晚上，给寂寞的山村带来欢乐。开头常是这么几句："自从盘古分天地，三皇五帝到如今，有道君王安天下，无道君王害黎民。轻轻弹响三弦琴，慢慢稍停把歌论，歌有三千七百本，不知哪本动人心。"于是听书的众人喊起来，老的要听董永卖身葬父，小的要听武二郎夜走蜈蚣岭，女人们想听秦香莲。这是老瞎子最知足的一刻，身上的疲劳和心里的孤寂全忘却，不慌不忙地喝几口水，待众人的吵嚷声鼎沸，便把琴弦一阵紧拨，唱道："今日不把别人唱，单表公子小罗成。"或者："茶也喝来烟也吸，唱一回哭倒长城的孟姜女。"满场立刻鸦雀无声，老瞎子也全心沉到自己所说的书中去。

他会的老书数不尽。他还有一个电匣子，据说是花了大价钱从一个山外人手里买来，为的是学些新词儿，编些新曲儿。其实山里人倒不太在乎他说什么唱什么。人人都称赞他那三弦子弹得讲究，轻轻漫漫的，飘飘洒洒的，疯疯狂放的，那里头有天上的日月，有地上的生灵。老瞎子的嗓子能学出世上所有的声音，男人女人，刮

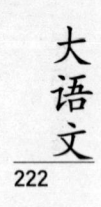

风下雨，兽啼禽鸣。不知道他脑子里能呈现出什么景象，他一落生就瞎了眼睛，从没见过这个世界。

小瞎子可以算见过世界，但只有三年，那时还不懂事。他对说书和弹琴并无多少兴趣，父亲把他送来的时候费尽了唇舌，好说歹说，连哄带骗，最后不如说是那个电匣子把他留住的。他抱着电匣子听得入神，甚至没发觉父亲什么时候离去。

这只神奇的匣子永远令他着迷，遥远的地方和稀奇古怪的事物使他幻想不绝，凭着三年朦胧的记忆，补充着万物的色彩和形象。譬如海，匣子里说蓝天就像大海，他记得蓝天，于是想象出海；匣子里说海是无边无际的水，他记得锅里的水，于是想象出满天排开的水锅。再譬如漂亮的姑娘，匣子里说就像盛开的花朵，他实在不相信会是那样，母亲的灵柩被抬到远山上去的时候，路上正开遍着野花，他永远记得却永远不愿意去想。但他愿意想姑娘，越来越愿意想，尤其是野羊坳的那个尖声细气的小妮子，总让他心里荡起波澜。直到有一回匣子里唱道，"姑娘的眼睛就像太阳"，这下他才找到了一个贴切的形象，想起母亲在红透的夕阳中向他走来的样子。其实人人都是根据自己的所知猜测着无穷的未知，以自己的感情勾画出世界。每个人的世界就都不同。

也总有一些东西小瞎子无从想象，譬如"曲折的油狼"。

这天晚上，小瞎子跟着师父在野羊坳说书，又听见那小妮子站在离他不远处尖声细气地说笑。书正说到紧要处——"罗成回马再交战，大胆苏烈又兴兵。苏烈大刀如流水，罗成长枪似腾云，好似海中龙吊宝，犹如深山虎争林。又战七日并七夜，罗成清茶无点唇……"老瞎子把琴弹得如雨骤风疾，字字句句唱得铿锵。小瞎子却心猿意马，手底下早乱了套数……

野羊岭上有一座小庙，离野羊坳村二里地，师徒二人就在这里住下。石头砌的院墙已经残断不全，几间小殿堂也歪斜欲倾、百孔千疮，唯正中一间尚可遮蔽风雨，大约是因为这一间中毕竟还供奉着神灵。三尊泥像早脱尽了尘世的彩饰，还一身黄土本色返璞归真了，认不出是佛是道。院里院外、房顶墙头都长满荒藤野草，蓊蓊郁郁倒有生气。老瞎子每回到野羊坳说书都住这儿，不出房钱又不惹是非。小瞎子是第二次住在这儿。

散了书已经不早，老瞎子在正殿里安顿行李，小瞎子在侧殿的檐下生火烧水。去年砌下的灶稍加修整就可以用。小瞎子撅着屁股吹火，柴草不干，呛得他满院里转着圈咳嗽。

老瞎子在正殿里数叨他："我看你能干好什么。"

"柴湿嘛。"

"我没说这事。我说的是你的琴，今儿晚上的琴你弹成了什么。"

小瞎子不敢接这话茬，吸足了几口气又跪到灶火前去，鼓着腮帮子一通猛吹。"你要是不想干这行，就趁早给你爹捎信让他把你领回去。老这么闹猫闹狗的可不行，要闹回家闹去。"

小瞎子咳嗽着从灶火边跳开，几步蹿到院子另一头，呼哧呼哧大喘气，嘴里一边骂。

"说什么呢？"

"我骂这火。"

"有你那么吹火的？"

"那怎么吹？"

"怎么吹？哼，"老瞎子顿了顿，又说，"你就当这灶火是那妮子的脸！"

小瞎子又不敢搭腔了，跪到灶火前去再吹，心想：真的，不知道兰秀儿的脸什么样儿。那个尖声细气的小妮子叫兰秀儿。

"那要是妮子的脸，我看你不用教也会吹。"老瞎子说。

小瞎子笑起来，越笑越咳嗽。

"笑什么笑！"

"您吹过妮子脸？"

老瞎子一时语塞。小瞎子笑得坐在地上。"日他妈。"老瞎子骂道，笑笑，然后变了脸色，再不言语。

灶膛里腾的一声，火旺起来。小瞎子再去添柴，一心想着兰秀儿。才散了书的那会儿，兰秀儿挤到他跟前来小声说："哎，上回你答应我什么来？"师父就在旁边，他没敢吭声。人群挤来挤去，一会儿又把兰秀儿挤到他身边。"嚯,上回吃了人家的煮鸡蛋倒白吃了?"兰秀儿说,声音比上回大。这时候师父正忙着跟几个老汉拉话,他赶紧说:"嘘——我记着呢。"兰秀儿又把声音压低:"你答应给我听电匣子,你还没给我听。""嘘——我记着呢。"幸亏那会儿人声嘈杂。

　　正殿里好半天没有动静。之后,琴声响了,老瞎子又上好了一根新弦。他本来应该高兴的,来野羊坳头一晚上就又弹断了一根琴弦。可是那琴声却低沉、零乱。

　　小瞎子渐渐听出琴声不对,在院里喊:"水开了,师父。"

　　没有回答。琴声一阵紧似一阵了。

　　小瞎子端了一盆热水进来,放在师父跟前,故意嘻嘻笑着说:

　　"您今儿晚还想弹断一根是怎么着?"

　　老瞎子没听见,这会儿他自己的往事都在心中,琴声烦躁不安,像是年年旷野里的风雨,像是日夜山谷中的溪流,像是奔奔忙忙不知所归的脚步声。小瞎子有点害怕了:师父很久不这样了,师父一这样就要犯病,头疼、心口疼、浑身疼,会几个月爬不起炕来。

　　"师父,您先洗脚吧。"

　　琴声不停。

　　"师父,您该洗脚了。"小瞎子的声音发抖。

　　琴声不停。

"师父！"

琴声戛然而止，老瞎子叹了口气。小瞎子松了口气。

老瞎子洗脚，小瞎子乖乖地坐在他身边。

"睡去吧，"老瞎子说，"今儿个够累的了。"

"您呢？"

"你先睡，我得好好泡泡脚。人上了岁数毛病多。"老瞎子故意说得轻松。

"我等您一块儿睡。"

山深夜静。有了一点儿风，墙头的草叶子响。夜猫子在远处哀哀地叫。听得见野羊坳里偶尔有几声狗吠，又引得孩子哭。月亮升起来，白光透过残损的窗棂进了殿堂，照见两个瞎子和三尊神像。

"等我干吗？时候不早了。"

"你甭担心我，我怎么也不怎么。"老瞎子又说。

"听见没有，小子？"

小瞎子到底年轻，已经睡着。老瞎子推推他让他躺好，他嘴里咕哝了几句倒头睡去。老瞎子给他盖被时，从他那身日渐发育的筋肉上觉出，这孩子到了要想那些事的年龄，非得有一段苦日子过不可了。唉，这事谁也替不了谁。

老瞎子再把琴抱在怀里，摩挲着根根绷紧的琴弦，心里使劲念叨："又断了一根了，又断了一根了。"再摇摇琴槽，有轻微的纸和蛇皮的摩擦声，唯独这事能为他排忧解烦。这是他一辈子的愿望。

小瞎子做了一个好梦，醒来吓了一跳，鸡已经叫了。他一骨碌爬起来听听，师父正睡得香，心说还好。他摸到那个大挎包，悄悄地掏出电匣子，蹑手蹑脚出了门。

往野羊坳方向走了一会儿，他才觉出不对头，鸡叫声渐渐停歇，野羊坳里还是静静的没有人声。他愣了一会儿，鸡才叫头遍吗？灵机一动扭开电匣子，电匣子里也是静悄悄。现在是半夜。他半夜里听过匣子，什么都没有。这匣子对他来说还是个表，只要扭开一听，便知道是几点钟，什么时候有什么节目都是一定的。

小瞎子回到庙里，老瞎子正翻身。

"干吗呢？"

"撒尿去了。"小瞎子说。

一上午，师父逼着他练琴。直到晌午饭后，小瞎子才瞅机会溜出庙来，溜进野羊坳。鸡也在树荫下打盹，猪也在墙根下说着梦话，太阳又热得凶，村子里很安静。

小瞎子踩着磨盘，扒着兰秀儿家的墙头轻声喊："兰秀儿——兰秀儿——"

屋里传出雷似的鼾声。

他犹豫了片刻，把声音稍稍抬高："兰秀儿——兰秀儿——"

狗叫起来。屋里的鼾声停了，一个闷声闷气的声音问："谁呀？"

小瞎子不敢回答，把脑袋从墙头上缩下来。

屋里吧唧了一阵嘴，又响起鼾声。

他叹口气，从磨盘上下来，怏怏地往回走，忽听见身后嘎吱一声院门响，随即一阵细碎的脚步声向他跑来。

"猜是谁？"尖声细气的声音。小瞎子的眼睛被一双柔软的小手捂上了——这才多余呢，兰秀儿不到十五岁，认真说还是个孩子。

"兰秀儿！"

"电匣子拿来没？"

小瞎子掀开衣襟，匣子挂在腰上。

"嘘——别在这儿，找个没人的地方听去。"

"咋啦？"

"回头招好些人。"

"咋啦？"

"那么多人听，费电。"

两个人东拐西弯，来到山背后那眼小泉边。小瞎子忽然想起件事，问兰秀儿："你见过'曲折的油狼'吗？"

"啥？"

"曲折的油狼。"

"曲折的油狼？"

"知道吗？"

"你知道？"

"当然。还有绿色的长椅，就是一把椅子。"

"椅子谁不知道。"

"那曲折的油狼呢？"

兰秀儿摇摇头，有点崇拜小瞎子了。小瞎子这才郑重其事地扭开电匣子，一支欢快的乐曲在山沟里飘荡。

这地方又凉快又没有人来打扰。

"这是《步步高》。"小瞎子说，跟着哼。

一会儿又换了支曲子，叫《旱天雷》，小瞎子还能跟着哼。兰秀儿觉得很惭愧。

"这曲子也叫《和尚思妻》。"

兰秀儿笑起来："瞎骗人！"

"你不信？"

"不信。"

"爱信不信。这匣子里说的古怪事多啦。"小瞎子玩着凉凉的泉水，想了一会儿说，"你知道什么叫接吻吗？"

"你说什么叫？"

这回轮到小瞎子笑，光笑不答。兰秀儿明白准不是好话，红着脸不再问。

音乐播完了，一个女人说："现在是讲卫生节目。"

"啥？"兰秀儿没听清。

"讲卫生。"

"是什么？"

"嗯——你头发上有虱子吗？"

"去——别动！"

小瞎子赶忙缩回手来，赶忙解释："要有就是不讲卫生。"

"我才没有。"兰秀儿抓抓头，觉得有些刺痒。"噫——瞧你自个儿！"兰秀儿一把搬过小瞎子的头，"看我捉几个大的。"

这时候听见老瞎子在半山上喊："小子，还不给我回来！该做饭了，吃罢饭还得去说书！"他已经站在那儿听了好一会儿了。

野羊坳里已经昏暗，羊叫、驴叫、狗叫、孩子们叫，处处起了炊烟。野羊岭上还有一线残阳，小庙正在那淡薄的光中，没有声响。

小瞎子又撅着屁股烧火。老瞎子坐在一旁淘米，凭着听觉他能把米中的沙子拣出来。

"今天的柴挺干。"小瞎子说。

"嗯。"

"还是焖饭？"

"嗯。"

小瞎子这会儿精神百倍，很想找些话说，但是知道师父的气还没消，心说还是少找骂。

两个人默默地干着自己的事，又默默地一块儿把饭做熟。岭上也没了阳光。

小瞎子盛了一碗小米饭，先给师父："您吃吧。"声音怯怯的，无比驯顺。

老瞎子终于开了腔："小子，你听我一句行不？"

"嗯。"小瞎子往嘴里扒拉饭，回答得含糊。

"你要是不愿意听，我就不说。"

"谁说不愿意听了？我说'嗯'！"

"我是过来人，总比你知道的多。"

小瞎子闷头扒拉饭。

"我经过那号事。"

"什么事？"

"又跟我贫嘴！"老瞎子把筷子往灶台上一摔。

"兰秀儿光是想听听电匣子。我们光是一块儿听电匣子来。"

"还有呢？"

"没有了。"

"没有了？"

"我还问她见没见过'曲折的油狼'。"

"我没问你这个！"

"后来，后来……"小瞎子不那么理直气壮了，"不知怎么一下就说起了虱子……"

"还有呢?"

"没了。真没了!"

两个人又默默地吃饭。老瞎子带了这徒弟好几年,知道这孩子不会撒谎,这孩子最让人放心的地方就是诚实、厚道。

"听我一句话,保准对你没坏处。以后离那妮子远点儿。"

"兰秀儿人不坏。"

"我知道她不坏,可你离她远点儿好。早年你师爷这么跟我说,我也不信……"

"师爷?说兰秀儿?"

"什么兰秀儿,那会儿还没她呢。那会儿还没有你们呢……"老瞎子阴郁的脸又转向暮色浓重的天际,骨头一样白色的眼珠不住地转动,不知道在那儿他能"看"见什么。

许久,小瞎子说:"今儿晚上您多半又能弹断一根琴弦。"他想让师父高兴些。

这天晚上师徒俩又在野羊坳说书。"上回唱到罗成死,三魂七魄赴幽冥,听歌君子莫嘈嚷,列位听我道下文。罗成阴魂出地府,一阵旋风就起身,旋风一阵来得快,长安不远面前存……"老瞎子的琴声也乱,小瞎子的琴声也乱。小瞎子回忆着那双柔软的小手捂在自己脸上的感觉,还有自己的头被兰秀儿搬过去时的滋味。老瞎子想起的事情更多……

夜里老瞎子翻来覆去睡不安稳，多少往事在他耳边喧嚣，在他心头动荡，身体里仿佛有什么东西要爆炸。坏了，要犯病，他想。头昏，胸口憋闷，浑身紧巴巴的难受。他坐起来，对自己叨咕："可别犯病，一犯病今年就甭想弹够那些琴弦了。"他又摸到琴，要能叮叮当当随心所欲地疯弹一阵，心头的忧伤或许就能平息，耳边的往事或许就会消散。可是小瞎子正睡得香甜。

他只好再全力去想那张药方和琴弦：还剩下几根，还只剩最后几根了，那时就可以去抓药了，然后就能看见这个世界——他无数次爬过的山，无数次走过的路，无数次感到过它的温暖和炽热的太阳，无数次梦想着的蓝天、月亮和星星……还有呢？突然间心里一阵空，空得深重。就只为了这些？还有什么？他朦胧中所盼望的东西似乎比这要多得多……

夜风在山里游荡。

猫头鹰又在凄哀地叫。

不过现在他老了，无论如何没几年活头了，失去的已经永远失去了，他像是刚刚意识到这一点。"七十年中所受的全部辛苦就为了最后能看一眼世界，这值得吗？"他问自己。

小瞎子在梦里笑，在梦里说："那是一把椅子，兰秀儿……"

老瞎子静静地坐着，静静地坐着的还有那三尊分不清是佛是道

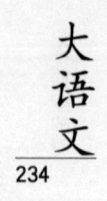

的泥像。

　　鸡叫头遍的时候老瞎子决定，天一亮就带这孩子离开野羊坳，否则这孩子受不了，他自己也受不了。兰秀儿人不坏，可这事会怎么结局，老瞎子比谁都"看"得清楚。鸡叫二遍，老瞎子开始收拾行李。

　　可是一早起来小瞎子病了，肚子疼，随即又发烧。老瞎子只好把行期推迟。

　　一连好几天，老瞎子无论是烧火、淘米、捡柴，还是给小瞎子挖药、煎药，心里总在说："值得，当然值得。"要是不这么反反复复对自己说，身体似乎就要垮掉。"我非要最后看一眼不可。""要不怎么着？就这么死了去？""再说就只剩下最后几根了。"后面三句都是理由。老瞎子又冷静下来，天天晚上还到野羊坳去说书。

　　这一下小瞎子倒来了福气。每天晚上师父到岭下去了，兰秀儿就猫似的轻轻跳进庙里来听匣子。兰秀儿还带来熟的鸡蛋，条件是得让她亲手去扭那匣子的开关。"往哪边扭？""往右。""扭不动。""往右，笨货，不知道哪边是右哇？"咔嗒一下，无论是什么便响起来，无论是什么俩人都爱听。

　　又过了几天，老瞎子又弹断了三根琴弦。

　　这一晚，老瞎子在野羊坳里自弹自唱："不表罗成投胎事，又唱秦王李世民。秦王一听双泪流，可怜爱卿丧残身，你死一身不打紧，缺少扶朝上将军……"

野羊岭上的小庙里这时更热闹。电匣子的音量开得挺大,又是孩子哭,又是大人喊,轰隆隆地又响炮,嘀嘀嗒嗒地又吹号。月光照进正殿,小瞎子躺着啃鸡蛋,兰秀儿坐在他旁边。两个人都听得兴奋,时而大笑,时而稀里糊涂、莫名其妙。

"这匣子你师父哪买来?"

"从一个山外头的人手里。"

"你们到山外头去过?"兰秀儿问。

"没。我早晚要去一回就是,坐坐火车。"

"火车?"

"火车你也不知道?笨货。"

"噢,知道知道,冒烟哩是不是?"

过了一会儿,兰秀儿又说:"保不准我就得到山外头去。"语调有些恓惶。

"是吗?"小瞎子一挺坐起来说,"那你瞧瞧'曲折的油狼'到底是什么。"

"你说是不是山外头的人都有电匣子?"

"谁知道。我说你听清楚没有?曲——折——的——油——狼,这东西就在山外头。"

"那我得跟他们要一个电匣子。"兰秀儿自言自语地说。

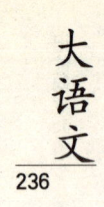

"要一个？"小瞎子笑了两声，然后屏住气，然后大笑，"你干吗不要俩？你可真本事大。你知道这匣子几千块钱一个，把你卖了吧，怕也换不来。"

兰秀儿心里正委屈，一把揪住小瞎子的耳朵使劲拧，骂道："好你个死瞎子。"

两个人在殿堂里扭打起来。三尊泥像袖手旁观，帮不上忙。两个年轻的正在发育的身体碰撞在一起，纠缠在一起，一个把一个压在身下，一会儿又颠倒过来，骂声变成笑声。匣子在一边唱。

打了好一阵子，两个人都累得住了手，心怦怦跳，面对面躺着喘气，不言声儿，却谁也不愿意再拉开距离。

兰秀儿呼出的气吹在小瞎子脸上，小瞎子感到了诱惑，并且想起那天吹火时师父说的话，就往兰秀儿脸上吹气。兰秀儿并不躲。

"嘿，"小瞎子小声说，"你知道接吻是什么了吗？"

"是什么？"兰秀儿的声音也小。

小瞎子对着兰秀儿的耳朵告诉她。兰秀儿不说话。老瞎子回来之前，他们试着亲了嘴儿，滋味真不坏……

就是这天晚上，老瞎子弹断了最后两根琴弦。两根弦一齐断了。他没料到。他几乎是连跑带爬地上了野羊岭，回到小庙里。

小瞎子吓了一跳："怎么了，师父？"

老瞎子气喘吁吁地坐在那儿，说不出话。

小瞎子有些犯嘀咕：莫非是他和兰秀儿干的事让师父知道了？

老瞎子这才相信：一切都是值得的。一辈子的辛苦都是值得的。能看一回，好好看一回，怎么都是值得的。

"小子，明天我就去抓药。"

"明天？"

"明天。"

"又断了一根了？"

"两根。两根都断了。"

老瞎子把那两根弦卸下来，放在手里揉搓了一会儿，然后把它们并到另外的九百九十八根中去，绑成一捆。

"明天就走？"

"天一亮就动身。"

小瞎子心里一阵发凉。老瞎子开始剥琴槽上的蛇皮。

"可我的病还没好利索。"小瞎子小声叨咕。

"噢，我想过了，你就先留在这儿，我用不了十天就回来。"

小瞎子喜出望外。

"你一个人行不？"

"行！"小瞎子急忙说。

老瞎子早忘了兰秀儿的事。

"吃的、喝的、烧的全有。你要是病好利索了，也该学着自个儿去说回书。行吗？"

"行。"小瞎子觉得有点对不住师父。

蛇皮剥开了。老瞎子从琴槽中取出一张叠得方方正正的纸条。他想起这药方放进琴槽时，自己才二十岁，便觉得浑身上下都好冷。

小瞎子也把那药方放在手里摸了一会儿，也有了几分肃穆。

"你师爷一辈子才冤呢。"

"他弹断了多少根？"

"他本来能弹够一千根，可他记成了八百。要不然他能弹断一千根。"

天不亮老瞎子就上路了。他说最多十天就回来，谁也没想到他竟去了那么久。

老瞎子回到野羊坳时已经是冬天。

漫天大雪，灰暗的天空连接着白色的群山。没有声息，处处也没有生气，空旷而沉寂。所以老瞎子那顶发了黑的草帽就尤其蹿动得显著。他蹒蹒跚跚地爬上野羊岭。庙院中衰草瑟瑟，蹿出一只狐狸，仓皇逃远。

村里人告诉他，小瞎子已经走了些日子。

"我告诉他我会回来。"

"不知道他干吗就走了。"

"他没说去哪儿？留下什么话没？"

"他说让您甭找他。"

"什么时候走的？"

人们想了好久，都说是在兰秀儿嫁到山外去的那天。

老瞎子心里便一切全都明白了。

众人劝老瞎子留下来，这么冰天雪地的上哪儿去？不如在野羊坳说一冬书。老瞎子指指他的琴，人们见琴柄上空荡荡已经没了琴弦。老瞎子面容也憔悴，呼吸也孱弱，嗓音也沙哑了，完全变了个人。他说得去找他的徒弟。

若不是还想着他的徒弟，老瞎子就回不到野羊坳。那张他保存了五十年的药方原来是一张无字的白纸。他不信，请了多少个识字而又诚实的人帮他看，人人都说那果真就是一张无字的白纸。老瞎子在药铺前的台阶上坐了一会儿，他以为是一会儿，其实已经几天几夜，骨头一样的眼珠在询问苍天，脸色也变成骨头一样的苍白。有人以为他是疯了，安慰他，劝他。老瞎子苦笑：七十岁了再疯还有什么意思？他只是再不想动弹，吸引着他活下去、走下去、唱下去的东西骤然间消失干净，就像一根不能拉紧的琴弦，再难弹出赏心悦目的曲子。老瞎子的心弦断了，现在他才发现那目的原来是空的。老瞎子在一个小客店里住了很久，觉得身体里的一切都在熄灭。他整天躺在炕上，不弹也不唱，一天天迅速地衰老。直到花光了身上所有的钱，直到忽然想起了他的徒弟，他知道自己的死期将至，

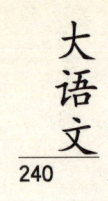

可那孩子在等他回去。

茫茫雪野，皑皑群山，天地之间蹿动着一个黑点。走近时，老瞎子的身影弯得如一座桥。他去找他的徒弟。他知道那孩子目前的心情、处境。

他想自己先得振作起来，但是不行，前面明明没有了目标。

他一路走，便怀恋起过去的日子，才知道以往那些奔奔忙忙和兴致勃勃的翻山、赶路、弹琴，乃至心焦、忧虑都是多么欢乐！那时有个东西把心弦扯紧，虽然那东西原是虚设。老瞎子想起他师父临终时的情景。他师父把那张自己没用上的药方封进他的琴槽。"您别死，再活几年，您就能睁眼看一回了。"说这话时他还是个孩子。他师父久久不言语，最后说："记住，人的命就像这琴弦，拉紧了才能弹好，弹好了就够了。"不错，那意思就是说：目的本来没有。老瞎子知道怎么对自己的徒弟说了。可是他又想：能把一切都告诉小瞎子吗？老瞎子又试着振作起来，可还是不行，总摆脱不掉那张无字的白纸……

在深山里，老瞎子找到了小瞎子。

小瞎子正跌倒在雪地里，一动不动，想那么等死。老瞎子懂得那绝不是装出来的悲哀。老瞎子把他拖进一个山洞，他已无力反抗。

老瞎子捡了些柴，打起一堆火。

小瞎子渐渐有了哭声。老瞎子放了心，任他尽情尽意地哭。只要还能哭就还有救,只要还能哭就有哭够的时候。

小瞎子哭了几天几夜,老瞎子就那么一声不吭地守候着。火光和哭声惊动了野兔子、山鸡、野羊、狐狸和鹞鹰……

终于小瞎子说话了:"干吗咱们是瞎子!"

"就因为咱们是瞎子。"老瞎子回答。

终于小瞎子又说:"我想睁开眼看看,师父,我想睁开眼看看!哪怕就看一回。"

"你真那么想吗?"

"真想,真想——"

老瞎子把篝火拨得更旺些。

雪停了。铅灰色的天空中,太阳像一面闪光的小镜子。鹞鹰在平稳地滑翔。

"那就弹你的琴弦,"老瞎子说,"一根一根尽力地弹吧。"

"师父,您的药抓来了?"小瞎子如梦方醒。

"记住,得真正是弹断的才成。"

"您已经看见了吗?师父,您现在看得见了?"

小瞎子挣扎着起来,伸手去摸师父的眼窝。老瞎子把他的手抓住。

"记住,得弹断一千二百根。"

"一千二?"

"把你的琴给我,我把这药方给你封在琴槽里。"老瞎子现在才弄懂了他师父当年对他说的话——咱的命就在这琴弦上。

目的虽是虚设的，可非得有不行，不然琴弦怎么拉紧，拉不紧就弹不响。

"怎么是一千二，师父？"

"是一千二，我没弹够，我记成了一千。"

老瞎子想：这孩子再怎么弹吧，还能弹断一千二百根？永远扯紧欢跳的琴弦，不必去看那张无字的白纸……

这地方偏僻荒凉，群山不断。荒草丛中随时会飞起一对山鸡，跳出一只野兔、狐狸，或者其他小野兽。山谷中鹞鹰在盘旋。

现在让我们回到开始：

莽莽苍苍的群山之中走着两个瞎子，一老一少，一前一后，两顶发了黑的草帽起伏蹿动，匆匆忙忙，像是随着一条不安静的河水在漂流。无所谓从哪儿来、到哪儿去，也无所谓谁是谁……

一九八五年四月二十日

导读

　　史铁生（1951—2010），生于北京，当代作家，著有《我的遥远的清平湾》《命若琴弦》《我与地坛》《务虚笔记》《病隙碎笔》《记忆与印象》《我的丁一之旅》等小说与散文。

　　《命若琴弦》不仅是一部反映残疾人命运的小说，更像一篇富含人生哲理的寓言。盲眼艺人的命就在他的琴弦上。于他们而言，命若琴弦是宿命，活下去，是严峻的现实。师父的师父说道："人的命就像这琴弦，拉紧了才能弹好，弹好了就够了。"因此，琴槽里的药方，永远只是虚设的目的，永远是不可能实现的。然而，它又是人的精神支柱。失去了这样的支柱，生命的原动力就没有了，只能消极地等待着死亡。从某种意义上说，我们终其一生，都生活在美丽的梦想与虚设的目的之中，"永远扯紧欢跳的琴弦，不必去看那张无字的白纸"。事实上，这不仅是盲眼艺人的命运，也是人类共同的命运。因此，史铁生在小说中所揭示的生命哲理是那样发人深思。

　　2002年度华语文学传媒大奖授予史铁生年度杰出成就奖，授奖词是这样说的："他的写作与他的生命完全同构在了一起，在自己的'写作之夜'，史铁生用残缺的身体，说出了最为健全而丰满的思想。他体验到的是生命的苦难,表达出的却是存在的明朗和欢乐,他睿智的言辞,照亮的反而是我们日益幽暗的心……当多数作家在消费主义时代里放弃面对人的基本状况时,史铁生却居住在自己的内心,仍旧苦苦追索人之为人的价值和光辉,仍旧坚定地向存在的荒凉地带进发,坚定地与未明事物做斗争,这种勇气和执着,深深地唤起了我们对自身所处境遇的警醒和关怀。"

西西弗神话（节选）[①]

[法国]加缪 著　沈志明 译

诸神判罚西西弗，令他把一块岩石不断推上山顶，而石头因自身重量一次又一次滚落。诸神的想法多少有些道理，因为没有比无用又无望的劳动更为可怕的惩罚了。

假如相信荷马的说法，西西弗是最明智、最谨慎的凡人。但按另一种传说，他却倾向于做强盗勾当。我看不出两者有什么矛盾。有关他在地狱成为无用劳动者的原因，众说纷纭。首先有人指责他对诸神颇为不敬。他泄露了诸神的秘密。阿索波斯[②]的女儿埃癸娜让朱庇特[③]劫走了。父亲为女儿的失踪大惊失色，向西西弗诉苦。西西弗了解劫持内情，答应把来龙去脉告诉阿索波斯，条件是后者要向哥林多[④]小城堡供水。西西弗不愿受上天的霹雳，情愿要水的恩泽，于是被打入地狱。荷马还告诉我们，西西弗事先用铁链锁住了死神。

[①]节选自《加缪全集·散文卷》，河北教育出版社，2002年版。
[②]希腊同名河流的河神。其女儿埃癸娜被宙斯劫走。
[③]罗马神话中的天神，相当于宙斯。
[④]希腊南部港口城市，《新约》中译为哥林多，现名为科林斯。

普路托①忍受不住自己帝国又荒凉又寂静的景象，便催促战神将死神从胜利者的手中解救出来。

也有人说，西西弗死到临头，还冒冒失失考验妻子的爱情。他命令妻子将其尸体抛到广场中央示众，但求死无葬身之地。后来西西弗进入地狱安身，但在那里却受不了屈从，与人类的爱心太相左了，一气之下，要求回人间去惩罚妻子，普路托竟允准了。一旦重新见到人间世面，重新享受清水、阳光、热石和大海，他就不肯再返回黑暗的地狱了。召唤声声，怒火阵阵，警告频频，一概无济于事。西西弗面对着海湾的曲线、灿烂的大海、大地的微笑生活了许多年。诸神不得不下令了。墨丘利②下凡逮捕了大胆妄为的西西弗，剥夺了他的乐趣，强行把他解回地狱，那里早已为他准备了一块岩石。

大家已经明白，西西弗是荒诞英雄，既出于他的激情，也出于他的困苦。他对诸神的蔑视，对死亡的憎恨，对生命的热爱，使他吃尽苦头，苦得无法形容，因此竭尽全身解数却落个一事无成。这是热恋此岸乡土必须付出的代价。有关西西弗在地狱的情况，我们一无所获。神话编出来是让我们发挥想象力的，这才有声有色。至于西西弗，只见他凭紧绷的身躯竭尽全力举起巨石，推滚巨石，支撑巨石沿坡向上滚，一次又一次重复攀登；又见他脸部痉挛，面颊贴紧石头，一肩顶住，承受着布满黏土的庞然大物，一腿蹲稳，在石下垫撑，双臂把巨石抱得满满当当的，沾满泥土的两手呈现出十

---

①又名哈得斯，是地狱和冥国的统治者。
②希腊神话中的赫尔墨斯，宙斯的传旨者，诸神的使者；在罗马神话中则是商人的庇护神。

足的人性稳健。用没有天顶的空间和没有深底的时间来衡量这种努力，久而久之，目的终于达到了。但西西弗眼睁睁望着石头在瞬间滚落山下的世界，又得把它重新推上山巅。于是他再次走向平原。

我感兴趣的正是在回程时稍事休息中的西西弗。如此贴近石头的一张苦脸已经是石头本身了。我注意到此公再次下山时，迈着沉重而均匀的步伐，走向他不知尽头的苦海。这个时辰就像一次呼吸，恰如他的不幸肯定会再来，此时此刻便是觉悟的时刻。在他离开山顶的每个瞬息，在他渐渐潜入诸神巢穴的每分每秒，他超越了自己的命运。他比他推的石头更坚强。

这则神话之所以悲壮，正是因为神话的主人公是有意识的。假如他每走一步都有成功的希望支持着，那他的苦难又在何方呢？当今的工人一辈子天天做同样的活计，其命运不失为荒诞。但只有在他们意识到荒诞的那些少有的时刻，命运才是悲壮的。西西弗，这个诸神的无产者，无能为力却叛逆反抗，认识到自己苦海无边的生存条件，他下山的时候，思考的正是这种状况。洞察力既造成了他的烦忧同时又消耗了他的胜利。没有蔑视征服不了的命运。

就这样，有些日子下山若是痛苦的，有些日子则可能是快乐的。此话并非多余。我仍想象得出，西西弗返回岩石时，痛苦方才开始呢。当大地万象太过强烈地死缠记忆，当幸福的召唤太过急切，有时忧伤会在人的心中油然升起：这是岩石的胜利，也是岩石本身的体现。

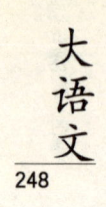

忧心痛切太过沉重，不堪负荷，等于是我们的客西马尼①之夜。但占压倒优势的真理一旦被承认也就完结了。由此俄狄浦斯起先不知不觉顺应了命运，一旦知觉，他的悲剧就开始了。但就在同一时刻，他盲目了，绝望了，认定他与这个世界唯一的联系，只是一位姑娘鲜嫩的手。于是他脱口吼出一句过分的话："尽管磨难多多，我的高龄和高尚的灵魂使我判定一切皆善。"②索福克勒斯的俄狄浦斯，正如陀思妥耶夫斯基的基里洛夫，就这样一语道出了荒诞胜利的格言。古代的智慧与现代的壮烈不谋而合了。

如果没有真想写幸福手册之类的东西，是发现不了荒诞的。"咳！什么，路子这么狭窄吗？……"是啊，只有一个世界嘛。幸福和荒诞是同一方土地的两个儿子，不可分开呀。说什么幸福必然产生于荒诞的发现，恐怕不对吧。有时候荒诞感也产生于幸福哩。"我判定一切皆善。"俄狄浦斯说。此话是神圣的，回响在世人疑惧而有限的天地中。此话告诫一切尚未耗尽，也不曾耗尽。此话将一尊神从人间驱逐，因为该神是怀着不满和无谓的痛苦的欲望进入人间的。此话把命运变成一桩人事，既是人事，就得在世人之间解决。

西西弗沉默的喜悦全在于此。他的命运是属于他的。他的岩石是他的东西。同样，荒诞人在静观自身的烦忧时，把所有偶像的嘴巴全堵住了。在突然恢复寂静的宇宙中，无数轻微的惊叹声从大地升起。无意识的、隐秘的呼唤，各色人物的催促，都是不可缺少的

---

①耶路撒冷橄榄山下一庄园名，据《新约全书》记载，被犹大出卖的耶稣，乘门徒们熟睡时在此祷告，次日被捕受难。
②此话并非同一时刻说的，而是相隔许多年。另外，这也不是索福克勒斯的原话，而是概括了两处不同时间说的话。加缪此处援引和归纳了一些后人的著作论述。

反面和胜利的代价。没有不带阴影的阳光，必须认识黑夜。荒诞人说"对"，于是孜孜以求，努力不懈。如果说有什么个人命运，那也不存在什么至高无上的命运。再不然至少有一种他设想的命运，那就是注定带来不幸的命运，无足轻重的命运。至于其他，他知道他是自己岁月的主人。在反躬审视自己生命的时刻，西西弗再次来到岩石跟前，静观一系列没有联系的行动，这些行动变成了他的命运，由他自己创造的，在他记忆的注视下善始善终，并很快以他的死来盖棺定论。就这样，他确信一切人事皆有人的根源，就像渴望见天日并知道黑夜无尽头的盲人永远在前进。岩石照旧滚动。

我让西西弗留在山下，让世人永远看得见他的负荷！然而西西弗却以否认诸神和推举岩石这一至高无上的忠诚来诲人警世。他也判定一切皆善。他觉得这个从此没有主人的世界既非不毛之地，抑非微不足道。那岩石的每个细粒，那黑暗笼罩的大山上每道矿物的光芒，都成了他一人世界的组成部分。攀登山顶的奋斗本身足以充实一颗人心，应当想象西西弗是幸福的。

导读

加缪(1913—1960),法国小说家、戏剧家、评论家。代表作有《局外人》《鼠疫》《西西弗神话》《堕落》《正义者》等。1957年获诺贝尔文学奖。

加缪常被看作20世纪存在主义的代表人物。《西西弗神话》是一首宏大的命运交响曲。风尘仆仆的西西弗每日所做的,都只是把巨石推上山顶,等待石头由于自身的重量重新滚下山去,然后,他走下山去,再重新把石头推上山顶。诸神认为再也没有比进行这种无效而又无望的劳动更加严厉的惩罚了。但西西弗坚定地面对这永无止境的磨难,即使意识到这是荒谬的命运,也仍旧不复停歇地努力着。作为自己命运的主人,他的行动本身就是对荒谬的反抗,对诸神的蔑视。他的抗争虽然有一种宿命的悲哀,但前进的道路愈是无望,愈显得此路的壮烈。西西弗所进行的斗争本身足以鼓舞人心。在加缪笔下,西西弗是一个英雄,一个敢于承当命运的大勇者,而在神的世界,西西弗无疑是个危险的叛逆者。西西弗对荒谬的清醒意识"给他带来了痛苦,同时也促成了他的胜利"。加缪的许多作品都反映了他的这种存在观:世界是荒谬的,现实本身不可认识,人的存在缺乏理性,人生孤独,活着没有意义。但另一方面,如果有一种个人的命运,就不会有更高的命运。西西弗告诉我们,最高的虔诚,是否认诸神并且搬掉石头。

鸭窠围的夜

沈从文 著

　　天快黄昏时落了一阵雪子，不久就停了。天气真冷，在寒气中一切都仿佛结了冰。便是空气，也像快要冻结的样子。我包定的那一只小船，在天空大把撒着雪子时已泊了岸。从桃源县沿河而上这已是第五个夜晚。看情形晚上还会有风有雪，故船泊岸边时便从各处挑选好地方。沿岸除了某一处有片沙嘴宜于泊船以外，其余地方全是黛色如屋的大岩石。石头既然那么大，船又那么小，我们都希望寻觅得到一个能作小船风雪屏障，同时要上岸又还方便的处所。凡是可以泊船的地方早已被当地渔船占去了。小船上的水手，把船上下各处撑去，钢钻头敲打着沿岸大石头，发出好听的声音，结果这只小船，还是不能不同许多大小船只一样，在正当泊船处插了篙子，把当作锚头用的石碇抛到沙上去，尽那行将来到的风雪，摊派到这只船上。

这地方是个长潭的转折处，两岸是高大壁立千丈的山，山头上长着小小竹子，长年翠色逼人。这时节两山只剩余一抹深黑，赖天空微明画出一个轮廓。但在黄昏里看来如一种奇迹的，却是两岸高处去水已三十丈上下的吊脚楼。这些房子莫不俨然悬挂在半空中，借着黄昏的余光，还可以把这些希奇的楼房形体看得出个大略。这些房子同沿河一切房子有个共通相似处，便是从结构上说来，处处显出对于木材的浪费。房屋既在半山上，不用那么多木料，便不能成为房子吗？半山上也用吊脚楼形式，这形式是必须的吗？然而这条河水的大宗出口物是木料，木材比石块还不值价。因此，即或是河水永远长不到处，吊脚楼房子依然存在，似乎也不应当有何惹眼惊奇了。但沿河因为有了这些楼房，长年与流水斗争的水手，寄身船中枯闷成疾的旅行者，以及其他过路人，却有了落脚处了。这些人的疲劳与寂寞是从这些房子中可以一律解除的。地方既好看，也好玩。

河面大小船只泊定后，莫不点了小小的油灯，拉了篷。各个船上皆在后舱烧了火，用铁鼎罐煮饭，饭焖熟后，又换锅子熬油，哗地把菜蔬倒进热锅里去。一切齐全了，各人蹲在舱板上三碗五碗把腹中填满后，天已夜了。水手们怕冷怕动的，收拾碗盏后，就莫不在舱板上摊开了被盖，把身体钻进那个预先卷成一筒又冷又湿的硬棉被里去休息。至于那些想喝一杯的，发了烟瘾得靠靠灯，船上烟灰又翻尽了的，或一无所为，只是不甘寂寞，好事好玩想到岸上去烤烤火谈谈天的，便莫不提了桅灯，或燃一段废缆子，摇晃着从船头跳上了岸，从一堆石头间的小路径，爬到半山上吊脚楼房子那边去，找寻自己的熟人，找寻自己的熟地。陌生人自然也有来到这条河中、来到这种吊脚楼房子里的时节，但一到地，在火堆旁小板凳上一坐，便是陌生人，即刻也就可以称为熟人乡亲了。

这河边两岸除了停泊有上下行的大小船只三十左右以外，还有无数在日前趁融雪涨水放下形体大小不一的木筏。较小的木筏，上面供给人住宿过夜的棚子也不见，一到了码头，便各自上岸找住处去了。大一些的木筏呢，则有房屋，有船只，有小小菜园与养猪养鸡栅栏，还有女眷和小孩子。

黑夜占领了全个河面时，还可以看到木筏上的火光，吊脚楼窗口的灯光，以及上岸下船在河岸大石间飘忽动人的火炬红光。这时节岸上船上都有人说话，吊脚楼上且有妇人在暗淡灯光下唱小曲的声音，每次唱完一支小曲时，就有人笑嚷。甚么人家吊脚楼下有匹小羊叫，固执而且柔和的声音，使人听来觉得忧郁。我心中想着："这一定是从别一处牵来的，另外一个地方，那小畜生的母亲，一定也那么固执地鸣着吧。"算算日子，再过十一天便过年了。"小畜生明不明白只能在这个世界上活过十天八天？"明白也罢，不明白也罢，这小畜生是为了过年而赶来，应在这个地方死去的。此后固执而又柔和的声音，将在我耳边永远不会消失。我觉得忧郁起来了。我仿

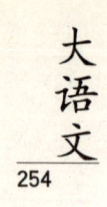

佛触着了这世界上一点东西，看明白了这世界上一点东西，心里软和得很。

但我不能这样子打发这个长夜。我把我的想象，追随了一个唱曲时清中夹沙的妇女声音到她的身边去了。于是仿佛看到了一个床铺，下面是草荐，上面摊了一床用旧帆布或别的旧货做成的脏而又硬的棉被，搁在床正中被单上面的是一个长方木托盘，盘中有一把小茶盏、一个小烟匣、一支烟枪、一块小石头、一盏灯。盘边躺着一个人在烧烟。唱曲子的妇人，或是袖了手捏着自己的膀子站在吃烟者的面前，或是靠在男子对面的床头，为客人烧烟。房子分两进，前面临街，地是土地，后面临河，便是所谓的吊脚楼了。这些人房子窗口既一面临河，可以凭了窗口呼喊河下船中人，当船上人过了瘾，胡闹已够，下船时，或者尚有些事情嘱托，或有其他原因，一个晃着火炬停顿在大石间，一个便凭立在窗口。"大佬你记着，船下行时又来。""好，我来的，我记着的。""你见了顺顺就说：'会呢，完了；孩子大牛呢，脚膝骨好了；细粉带三斤，冰糖或片糖带三斤。'""记得到，记得到，大娘你放心，我见了顺顺大爷就说：'会呢，完了。大牛呢，好了。细粉来三斤，冰糖来三斤。'""杨氏，杨氏，一共四吊七，莫错账！""是的，放心啊，你说四吊七就四吊七，年三十夜莫会要你多的！你自己记着就是了！"这样那样说着，我一一都可听到，而且一面还可以听着在黑暗中某一处咩咩的羊鸣。

我明白这些回船的人是上岸吃过"荤烟"了的。

　　我还估计得出，这些人不吃"荤烟"，上岸时只去烤烤火的，到了那些屋子里时，便多数只在临街那一面铺子里。这时节天气太冷，大门必已上好了，屋里一隅或点了小小油灯，屋中必就地掘了个浅凹，烧了些树根柴块。火光煜煜，且时时刻刻爆炸着一种难以形容的声音。火旁矮板凳上坐有船上人、木筏上人，有对河住家的熟人。且有虽为天所厌弃还不自弃、年过七十的老妇人，闭着眼睛蜷成一团蹲在火边，悄悄地从大袖筒里取出一片薯干或一枚红枣，塞到嘴里去咀嚼。有穿着肮脏、身体瘦弱的孩子，手擦着眼睛傍着火旁的母亲打盹。屋主人有退伍的老军人，有翻船背运的老水手，有单身寡妇。借着火光灯光，可以行得出这屋中的大略情形，三堵木板壁上，一面必有个供奉祖宗的神龛，神龛下空处或另一面，必贴了一些大小不一的红白名片。这些名片倘若有哪些好事者加以注意，用小油灯照着，去仔细检查检查，便可以发现许多动人的名衔。军队上的连副、上士、一等兵，商号中的管事，当地的团总、保正、催租吏，以及照例姓滕的船主，洪江的木簰商人与其他各行各业人物，无所不有。这是近一二十年来经过此地若干人中一小部分的题名录。这些人各用一种不同的生活，来到这个地方，且同样来到这些屋子里，坐在火边或靠近床上，逗留过若干时间。这些人离开了此地后，在另一世界里还是继续活下去，但除了同自己的生活圈子中人发生关系以外，与一同在这个世界上其他的人，却仿佛便毫无关系可言了。他们如今也许早已死掉了，水淹死的，枪打死的，被外妻用砒霜谋杀的，然而这些名片却依然将好好的保留下去。也许有些人已成了富人名人，成了当地的小军阀，这些名片却仍然写着催租人、上士等等的头衔。除了这些名片，那屋子里是不是还有比它更引人注意的东西呢？锯子，小捞兜，香烟大画片，装干栗子的口袋……

　　提起这些问题时使人心中很激动。我到船头上去眺望了一阵。河面静静的，木筏上火光小了，船上的灯光已很少了，远近一切只能借着水面微光看出个大略情形。另外一处的吊脚楼上，又有了妇人唱小曲的声音，灯光摇摇不定，且有猜拳声音。我估计那些灯光同声音所在处，不是木筏上的簰头在取乐，就是水手们、小商人在喝酒。妇人手指上说不定还戴了水手特别为她从常德府捎带来的镀金戒指，一面唱曲一面把那只手理着鬓角，多动人的一幅画图！我认识他们的哀乐，这一切我也有份。看他们在那里把每个日子打发下去，也是眼泪也是笑，离我虽那么远，同时又与我那么相近。这正同读一篇描写西伯利亚的农人生活的动人作品一样，使人掩卷引起无言的哀戚。我如今只用想象去领味这些人生活的表面姿态，却用过去一分经验，接触着了这种人的灵魂。

　　羊还固执地鸣着。远处不知甚么地方有锣鼓声音，那一定是某个人家禳土酬神还愿巫师的锣鼓。声音所在处必有火燎与九品蜡，照耀争辉。炫目火光下必有头包红布的老巫独立做旋风舞,门上架上有黄钱,平地有装满了谷米的平斗。有新宰的猪羊伏在木架上,头上插着小小五色纸旗。有行将为巫师用口把头咬下的活公鸡,被缚了双脚与翼翅,在土坛边无可奈何地躺卧。主人锅灶边则热了满锅猪血稀粥,灶中正火光熊熊。

邻近一只大船上,水手们已静静地睡下了,只剩余一个人吸着烟,且时时刻刻把烟管敲着船舷。也像听着吊脚楼的声音,为那点声音所激动,引起种种联想。忽然按捺自己不住了,只听到他轻轻地骂着野话,擦了支自来火,点上一段废缆,跳上岸往吊脚楼那里去了。他在岸上大石间走动时,火光便从船篷空处漏进我的船中。也是同样的情形吧,在一只装载棉军服向上行驶的船上,泊到同样的岸边,躺在成束成捆的军服上面,夜既太长,水手们爱玩牌的各蹲坐在舱板上小油灯光下玩天九,睡既不成,便胡乱穿了两套棉军服,空手上岸,借着石块间还未融尽残雪返照的微光,一直向高岸上有灯光处走去。到了街上,除了从人家门罅里露出的灯光成一条长线横卧着,此外一无所有。在计算中以为应可见到的小摊上成堆的花生,用"哈德门"长烟匣装着干瘪瘪的小橘子,切成小方块的片糖,以及在灯光下看守摊子把眉毛扯得极细的妇人(这些妇人无事可做时还会在灯光下做点针线的),如今什么也没有。既不敢冒昧闯进一个人家里面去,便只好又回转河边船上了。但上山时向灯光凝聚处走去,

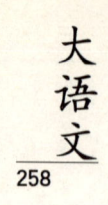

方向不会错误。下河时可糟了。糊糊涂涂在大石小石间走了许久，且大声喊着，才走近自己所坐的一只船。上船时，两脚全是泥，刚攀上船舷还来不及脱鞋落舱，就有人在棉被中大喊："伙计哥子们，脱鞋呀！"把鞋脱了还不即睡，便镶到水手身旁去看牌，一直看到半夜。——十五年前自己的事，在这样地方温习起来，使人对于命运感到十分惊异。我懂得那个忽然独自跑上岸去的人，为甚么上去的理由！

等了一会儿，邻船上那人还不回到他自己的船上来，我明白他所得的必比我多了一些。我想听听他回来时，是不是也像别的船上人，有一个妇人在吊脚楼窗口喊叫他。许多人都陆续回到船上了，这人却没有下船。我记起水手柏子。但是，同样是水上人，一个那么快乐地赶到岸上去，一个却是那么寂寞地跟着别人后面走上岸去，到了那些地方，情形不会同柏子一样，也是很显然的事了。

为了听听那个人上船时那点推篷声音，我打算着，在一切声音全已安静时，我仍然不能睡觉。我等待那点声音，大约到午夜十二点，水面上却起了另外一种声音，仿佛鼓声，也仿佛汽油船马达转动声，声音慢慢地近了，可是慢慢地又远了。像是一个有魔力的歌唱，单纯到不可比方，也便是那种固执的单调，以及单调的延长，使一个身临其境的人，想用一组文字去捕捉那点声音，以及捕捉在那长潭深夜一个人为那声音所迷惑时节的心情，实近于一种徒劳无功的努力。那点声音使我不得不再从那个业已用被单塞好空罅的舱门，到船头去搜索它的来源。河面一片红光，古怪声音也就从红光一面掠水而来。原来日里隐藏在大岩下的一些小渔船，在半夜前早已静悄悄地下了拦江网。到了半夜，把一个从船头伸在水面的铁兜，盛上燃着熊熊烈火的油柴，一面用木棒槌有节奏地敲着船舷各处漂去。身在水中见了火光而来与受了柝声吃惊四窜的鱼类，便在这种情形中触了网，成为渔人的俘虏。

一切光，一切声音，到这时节已为黑夜所抚慰而安静了，只有水面上那一分红光与那一派声音。那种声音与光明，正为着水中的鱼和水面的渔人生存的搏战，已在这河面上存在了若干年，且将在接连而来的每个夜晚依然继续存在。我弄明白了，回到舱中以后，依然默听着那个单调的声音。我所看到的仿佛是一种原始人与自然战争的情景。那声音，那火光，都近于原始人类的战争，把我带回到四五千年那个"过去"时间里去。

不知在甚么时候开始落了很大的雪，听船上人细语着，我心想，第二天我一定可以看到邻船上那个人上船时节，在岸边雪地上留下那一行足迹。那寂寞的足迹，事实上我却不曾见到，因为第二天到我醒来时，小船已离开那个泊船处很远了。

导读

沈从文（1902—1988），原名沈岳焕，湖南凤凰县人，中国现代作家、历史文物研究者。主要著作有小说集《龙朱》《虎雏》《八骏图》《边城》等，散文集《从文自传》《记丁玲》《湘行散记》等。

《鸭窠围的夜》选自《湘行散记》。《湘行散记》记录了沈从文阔别故乡十多年后，返乡路程上的所见所感。《鸭窠围的夜》采用虚实结合的手法，记述了湘西普通民众的生活方式和生命哀乐。"我"在船上见到的风景是实写，而岸上的情景主要靠想象而来，描写了吊脚楼上吃"荤烟"的水手和妇人，以及不吃"荤烟"只是上岸去烤烤火的人的生活情形，反映了湘西单调而快活的生活，以及人们乐天知命的坚韧的生活态度。

本文的故事主要发生在夜间，因此听觉显得非常灵敏，文中有很多关于声音的描写，"钢钻头敲打着沿岸大石头，发出好听的声音"，"哗地把菜蔬倒进热锅里去"的声音，妇人唱小曲的声音，"有匹小羊叫，固执而且柔和的声音"，猜拳声音，锣鼓声音，烟管敲着船舷，轻轻地骂着野话，等等。声音反映了形形色色的人与事，听觉上的声音和视觉上的光影交织在一起，伴随着舒缓有致的文字节奏，描绘了湘西静谧的夜景，展现了作者当时忧郁与敏锐的心灵状态。

沈从文作为一个从湘西走出去又归乡的人，身兼"本土人"和"外来者"的双重身份，他对故乡的观察和感受是复杂的，既流露出对曾经熟悉的生活的亲切，也表达了对湘西停滞、寂寞的生存状态的忧戚。《鸭窠围的夜》不仅反映了湘西民众的生活状态，也从更深广的层面表达了沈从文对人类发展历史的喟叹，在"常"与"变"中，思索人类的生存和命运。

后 记

　　四年前，与明天出版社的朋友们谈到了"大语文"的话题，自此，他们对"大语文"开始了一往情深的关注。其间，从社长、总编到编辑，与我进行了无数次的交流与讨论。当工作进入实质性阶段后，电话、短信、电子邮件、见面，则更加频繁。他们对这选题表现出了浓烈的兴趣和极大的热情。到了最后，编辑们为了使"大语文"能如期出版并能尽善尽美，甚至陷入焦灼状态。在这里，我要向他们表示敬意和谢意。

　　参加导读文字撰写工作的同学有：赵晖、李云雷、邓菡彬、文珍、王颖、陈爱强、张清芳、于淑静、史静、蔡郁婉、高寒凝、葛旭东、刘欣玥、王利娟、金信仪、王锐、郑明和、张雨晴、葛诗卉、汪洁。

　　他们从"人文"，更从"语文"的角度，对文本进行了不落俗套富有新意的点评。这些点评，切合文本的本意，为阅读者提供了进入文本的最佳途径。

　　刘晓楠、魏东峰、胡少卿、徐则臣同学，在组织讨论、复印资料、核实文本出处、辨析不同版本之高下等方面，全心全意，细致入微，体现了严谨的学风和令人钦佩的工作态度。部分参加点评的同学如高寒凝、葛旭东等也参加了以上的工作。

最后还要特别感谢丁亚芳女士。事实上"大语文"的前身是由南京师范大学出版社出版的"第二语文"。当年，作为这一选题的参与者与编辑，她付出了辛勤的劳动。虽然"大语文"与"第二语文"相比，无论是选目还是篇章安排等都有了重大变化，但，依然留有她辛劳的印记。

感谢所有与"大语文"有关的朋友。

曹文轩

二〇一六年四月二十日于途中

在本书的编选过程中，我们得到了许多师友的热情帮助。不过，虽经多方努力，仍有部分作者无法联系上。本书收入的部分文字作品稿酬已委托中国文字著作权协会转付，敬请相关著作权人联系。

电　话：010-65978905

传　真：010-65978905

E-mail：wenzhuxie@126.com